Hayykitap - 498
Edebiyat - 62

Bazıları Uzaktan Sever
Halis Karabenli

Hayykitap Edebiyat Yayın Yönetmeni: Caner Yaman
Editör: Merve Kasap
Kapak Tasarımı: Betül Akyar
Sayfa Tasarımı: Turgut Kasay

ISBN: 978-605-2214-03-9

1. Baskı: İstanbul, Nisan 2018
3. Baskı: İstanbul, Aralık 2020

Baskı: Yıkılmazlar Basım Yay.
Prom. ve Kağıt San. Tic. Ltd. Sti.
15 Temmuz Mah. Gülbahar Cad. No: 62/B
Güneşli - İstanbul
Sertifika No: 45464
Tel: 0212 630 64 73

Hayykitap
Zeytinoğlu Cad. Şehit Erdoğan İban Sk.
No: 36 Akatlar, Beşiktaş 34335 İstanbul
Tel: 0212 352 00 50 Faks: 0212 352 00 51
info@hayykitap.com
www.hayykitap.com
facebook.com/hayykitap
twitter.com/hayykitap
instagram.com/hayykitap
Sertifika No: 12408

© Bu kitabın tüm hakları
Hayygrup Yayıncılık A.Ş.'ye aittir.
Yayınevimizden yazılı izin alınmadan kısmen veya
tamamen alıntı yapılamaz, hiçbir şekilde kopya edilemez,
çoğaltılamaz ve yayımlanamaz.

Halis Karabenli
Bazıları Uzaktan Sever

Halis Karabenli

1976 Ankara doğumlu. Anadolu Üniversitesi İşletme Bölümü mezunu. Diğer yayınevlerinden *Dudağımdaki İs*, *Aşkın Öteki Yüzü*, *Aklımda Güzel Kal* ve *Efnan* adlı kitapları yayımlandı. **Bazıları Uzaktan Sever** yazarın Hayykitap'tan yayımlanan ilk kitabı.

Sevgilim: Geçmedi. Kalbim hala çok acıyor.

Ön söz

"7364 265 738496786"

Sevgisizliğin ve yalanın boy gösterip hatta hüküm sürdüğü bu dünyada niçin elindekinin değerini bilmez insan? Geçti gitti demek ne kadar zor oysa.

Ne çok şeyini sevmişim... Kalbim ne de çabuk iyileşiyor sana karşı.

Bana gelmeni istiyorum. Beni iyileştir. İnancımı ve kalbimi yerine koy yeniden. Tutunabileyim tekrar. Öfkeli bir kuzgun gibi üzerime çullanan bunca sesin arasından ayırt edebildiğim ve korkmadığım yegâne şeyi, yani sesini üfleyerek ağzıma daya. Ama birden bire olmasın bu! Soğut biraz dudaklarını. Bebeğine yemeğin suyunu ilk defa veren annenin, kaşığı önce kendi dudaklarına usulca değdirip bebeğinin ağzını yakmayacağından emin olması gibi şefkatle yap. Mecbur değilsin elbette. Ama bana gelmeni istiyorum. Çünkü dışarıdaki dünyada yaşayamayan bir insan mecburen kendi içinde yeni bir dünya oluşturur ve bu dünyayı gittiği her yere götürür. Mesela sokakta yürürken dev bir fanusun içindeymiş gibi kendinden emin ve emniyette görünürken kırılmamak için herkesle arasına mesafe koyar yine de. Bakışları delip geçer her şeyi. Kimseyle ortak bir yanı yoktur artık. Hep hayal kurar ama soranlara "Asla hayal kurmuyorum." der. Oysa hayallerinde kendisi çok mühim bir şarkıcıdır, kendisi en iyi yemeği yapan kişidir, yüzleri olmayan birçok insan onu cankulağıyla dinliyormuş gibi içinden devamlı bir şeyler anlatır. Tuhaf bir umudu vardır fakat bu umut, yaşamak için onu zaman zaman kamçılasa bile en ufak bir aksilikte her şeyden nefret edebilir. O zaman kendi kurduğu dünyadan da gitmek isteyip bir kapı arar deli gibi. Kendi dünyası da onu öldürmeye başlamıştır. Nefes alamaz. O cam fanusu kırmak için bütün gücüyle vurur kendi içine. Daha hızlı yürüdüğü halde olduğu yerden kımıldayamıyormuş gibi telaş içinde sağa sola çarpar ve en kısa zamanda ağlayabileceği tenha bir yer aramaya başlar. Ağlamayı başarabilirse yaşanacak yeri genişleyecektir çünkü. Çünkü kimse ağlayan birinin yanında olmak istemez. Beni durdur. İstikametimi kendine çevir ya da. Gelemiyorsan ben sana geleyim. Yolu göster. İçinde sen olmayan hiçbir yaşamın parçası olmak istemiyorum. Bu dev fanusun göğüne bir pencere aç. İğrenerek dokunduğum bütün kapıların ardında beni bekle. Bunları nasıl yaparsın bilmiyorum. Ama ben kayboluyorum iyice... Beni bul, bana sarıl. Yüzleri olmayan bu insanları uzaklaştır benden. Başkalarının yırttığı etimi sesinle ancak sen dikersin. Lime lime edildim. İzler var üstümde. Tiksinmeden dokun bana. Dışarıyı merak edip açık bulduğu kapıdan çıkan bir kedinin sadece bir geceyi dışarıda geçirip bütün bir ömrünün yarısını tek bir gecede kaybetmesi nasıl bir duygudur bilemezsin. Say ki bir geceydi geçen bunca zaman. Çok şey kaybettim. Çok şey eskidi, biliyorum! Biliyorum affedemiyorsun. Fakat affetmek için önce kendinden başla. Kendine sarıl. Kendini bul. Niye diye sor kendine! Sonra bir şey yap. Ne yapacağını, nasıl yapacağını da bilmiyorum. Ama inancımı ve kalbimi yerine koy yeniden. Bu kuzgun sürüsünün sesini sustur, çıldırmak üzereyim. Beni bul. Bana sarıl. Etimi sesinle ancak sen dikersin.

*Bir gün gelecek ve "Evet, sevmiştik."
diyeceğiz. Geç söylenmiş çoğu şey ne kadar
doğru olursa olsun, bir o kadar da işe
yaramazdır artık.*

Terk edilmişliği nasıl anlatabilirim? "Sesimin arasına bıçak konmuş da sanki ben konuştukça dilimi kesiyor" desem? Yeni yetme bir yazarın okuduğu kitaplardan çaldığı sözlerden oluşturduğu, derme çatma bir cümle gibi oldu sanırım. Hem terk edilmişliği anlatırken neden sesimden bahsettim ki? Evet, aslında konudan tamamen uzak sayılmam. Çünkü sessizlik, olmuş ya da olacak bütün olaylardan önce gelir. Önce susarsın. Bağırmadan önce bile tüm gücünle susarsın. Kendi ağzına kocaman bir kaya sıkıştırmaya çalışıp, karnının üstüne elini koyar ve dayanabildiğin kadar dayanırsın böylece. Sesinin seni terk etmesini önlemenin en etkili yoludur susmak. Eğer bunu yapamazsan, artık her şey bitmiş demektir. Tükenmiştir dayanma gücün; bağırıp çağırırsın. Konuştuğun an en büyük dünya savaşının başlayacağını bilsen dahi umurunda olmaz. Bir harabenin altından çıkmanın yolunu ararsın sadece. Bütün duvarlar üstüne yıkılmıştır. Tuğlaların arasından görünen ölünün eli sana aittir. Ama bir binanın otomat ışığına da sorabilirsiniz terk edilmişliğin ne olduğunu. Çünkü çok defa buna şahit olmuştur. Bir adam ya da kadın, elinde ceketi, yanına başka hiçbir şey almadan merdivenlerden koşarak inip kapıdan hızlıca çıkar ve karanlıkta gözden kaybolur. Arkasına bile bakmaz. Veya iki kişilik yatağın üstünde yıllardır yan yana duran iki yastıktan birinin artık salondaki kanepenin üstünde durmasının ne demek olduğunu yatak odasında kalan yastığa sorabilirsiniz. Beraber yemek yenilmediği için bulaşık makinesine ayrı ayrı konulan tabaklara, ayrı ayrı pişirilen yemeklere, duş aldıktan sonra bir yabancının yanına çıkıyormuş gibi banyoda üstünü giyip, önceden "seni çok seviyorum" dediği adama teninin bir parçasını dahi göstermek istemeyen kadına; "bu bizim şarkımız olsun" diye seçildiği halde eskiyi hatırlattığı için artık hiç dinlenilmeyen, üstelik şimdilerde nefret edilen bir şarkıya; annesinin pavyonda çalıştığını öğrenen on dört yaşında bir delikanlıya, ya da annesi çamaşır yıkarken babasının balkonda başka bir kadına kısık bir sesle "seni seviyorum" dediğini duyan bir genç kıza, morg kapısında çocuğunun cesedini teşhis etmek için bekleyen bir babaya, ucu yırtılmış diye çöpe atılan bir çoraba dahi terk edilmişliği sorabilirsiniz.

İnan bana, kendi elleriyle itiyorlar beni sana. Kime gitmeye niyetlensem ya da kim gelse böyle oldu hep. Bunca zaman sonra geçmişimde bile kalmadın demem gerekirken, hiç geçmişte kalmadın diyorum hala...

Fakat yokluğunun da kalıcı olması mümkün değildi. Geride bırakılan her iz, sahibinin peşinden gider mutlaka.

Her şey bir yerden döner. Vakti gelince bir işaret görürsünüz. İçinizi sıkan o şey kendini belli eder, saklanmaktan sıkılır. Küçük bir kırılma sesi gibi. Bir çınlama... Kas yırtılması gibi bir acı. Ya da daha büyük bir şey; aniden kopan ve ne varsa önüne katan acımasız bir kasırga gibi dehşetli. Cevabını bildiğiniz bir şey aslında soru olabilir mi? Olamaz. Ne olduğundan eminsinizdir aslında. Bitmiştir, başlıyordur, sallanıyordur, kırılmıştır, acımıştır, soğumuştur. Birçok soruyu kendi kendimize oluştururuz, hepsi bu.

Akşam yemeğine oturmuştuk. Dört kişilik masanın etrafında görünüşte sadece ikimiz vardık ama susturduğumuz şeyleri de yalnızca kendimiz görebiliyorduk. Bana kalırsa onlarca kişi toplanmıştık masaya. Mesela, sabahki ben, dünkü ben, geçen haftaki ben, geçen ayki, geçen yılki, daha önceki yıllardaki ben, en baştaki ben; sabahki o, dünkü o, geçen haftaki o, geçen ayki, geçen yılki, daha önceki yıllardaki o ve en baştaki o... Ama tuhaf bir şekilde hepimiz birbirimize yabancıydık. Bir kez kullanılıp atılmak üzere tasarlanmış bir kâğıt peçete gibiydik adeta. Herkes görevini tamamlamış ve nihayetinde sus pus olup kenara çekilmişti. Epeydir böyleydi durum. Kendimizden onlarca kendimiz üretip, ürettiğimiz kendilerimizden nefret ediyorduk.

Birden bire elimdeki çatalı bırakıp "Daha ne kadar sürecek bu?" dedim. O da çatalını bıraktı. Bir kez kullanılıp atılmak üzere tasarlanmış peçeteyle sakince ağzını silip, sağında duran bardaktaki sudan bir yudum aldı. Bana bakmıyordu. Ellerini masanın üstünde birleştirdi. Yutkunduğunu gördüm. Fakat kimin yutkunduğunu anlayamamıştım. Sabahki o muydu, yoksa dünkü mü, bilmem daha eskisi mi? Birbirimize çok yabancıydık. Belki de birbirimizi daha fazla tanımak istemiyorduk. Çünkü yeni şeyler öğrendikçe beraber yaşamak istediğimiz insan değişiveriyordu. Tıpkı bir rüya gibi. Yanımda uyuyan insanın sesini, rüyamda başka bir insanda görüyordum. Yüzler farklı oluyordu, fakat sesler hep aynıydı. Neden ses değişmiyordu? Sanırım iç seslerimizi hiç bilmiyorduk. Evet, sebep bu olabilir. Kavga ederken gırtlaktan bağırmak gibi değil bu; iç ses çok farklı bir şey. Başka biri konuşuyor. Belki de gerçek ben, gerçek o, gerçek biz. Bunları düşünmek ne kadar da ürkütücüydü! Şehvetle ya da öfkeyle ya da merhametle yanıp kavrulan başka biri vardı içimizde.

Nihayet başını kaldırıp gözlerime baktı ve "Çok mu yaşarmış gibi yaptık?" dedi. "Varmış gibi, uyuyormuş gibi, her şey yolundaymış gibi, sevişiyormuş gibi, kavga ediyormuş gibi... Çok mu sakladık kendimizi? Ya da ben kendi içime ne kadar gidebildim ve kendimi ne kadar tanıyabildim ki sana kendimi gerçek halimle gösterebilmiş olayım? Tabaktaki yemeğin adı fırında makarna işte. Bir adı var, yapılışı belli, kıvamı belli, pişme süresi belli. Ama biz, insanız... Kör kuyu! Ya da ne bileyim, ağzına kadar suyla dolu bir kuyu. Sence de zamanı geldi mi?"

Konuşmasını bitirip sandalyesine yaslandı. Bitkin görünüyordu ama küçük diline dokunup zorla kusan birinin içini ferahlatması gibi tuhaf bir rahatlığı da vardı. Teslim olmuş gibi. Ya da kurtulmuş gibi. İçini tırmalayan şeyin tırnaklarını dibine kadar kesmiş gibi. Fakat elbette tırnaklarını bu kadar kesmek hemen akabinde korkunç bir sızı veriyordu. Elini cebine bile sokamıyordu insan. Acıdan kurtulmak için başka ve daha büyük, fakat en azından alışılmamış bir acıyı seçmiş olmak gibi. Yeni acısına hayranlıkla bakıp onu tanımaya çalışırken, eski acısının acılar ve çığlıklar içinde ölmesine kulaklarını tıkamak tam da insana göre bir şeydi. Ama zamanla bu acı da yetmeyecek ve daha büyük, daha yeni bir acının arayışına geçilecekti.

Evet, rahatlamış görünüyordu karşımda. Son, bir şekilde başladığı için bundan sonra neler olabileceğini tahmin ettiği belli oluyordu. Aslında çok zaman önce oluşturduğumuz soruların aforoz edilmesiydi bu. Ben de kenarları ahşap, ortası minder olan sandalyeye yaslanıp "Bitti galiba, fırında makarna çok güzel olmuştu, ilk kez mi yaptın?" dedim. Onunla ilk defa yemek yiyormuş gibi

davranıyordum. Çünkü karşımdaki yeni bir o idi. Masada oturan diğer benlere göz ucuyla bakıp yatak odasına gitmeleri için göz kırptım. Beni anladılar ve hemen gittiler. Onlar da bavullarını hazırlayacaklardı. Malum; herkesin gitmek için hazırlanması epey zaman alacaktı. Bir sürü anı, çığlıklar, gülüşmeler, kavgalar ve daha nicesi...
Daha fazla uzatmanın anlamı yoktu. Bu kez de ben yutkundum. İçimde söylenmemiş bir şey kalmış mı diye kontrol ettim kendimi. Bomboştum. Tıpkı onun gibi sağımda duran bardaktaki sudan bir yudum alıp, bir kez kullanılıp atılmak üzere tasarlanmış peçeteyle ağzımı sildim. Sandalyemi geri çekip kalktım masadan. Daha hazırlanacak büyük bir bavulum vardı. Sakin adımlarla yatak odasına gittim. Diğerleri eşyalarını toplamışlardı. Birisi "Diş fırçamızı almayacak mısın?" diye uyardı beni. "Kalsın" dedim kendimden birine. Sustuk. O hala sandalyesine yaslanmış kımıldamadan duruyordu. Elleri iki yanına salınmıştı. İçimden son bir kez konuşmak geldi. Sesini duymalıydım bir kez daha. Fakat yapmadım bunu. Bütün sorular ölmüşken yeni bir soru daha oluşturmanın hiç anlamı yoktu. Niye bilmiyorum, arkamda diş fırçamı bıraktım sadece. Bitmişti.

Onu bulduğumu hissediyorum ama bunu kendime bile söylemiyorum. Bunca kayıptan sonra kim olsa susar.

Çok düşünmüştüm o gece. Aslında çok uzun zamandır içimi kemiren bir şey vardı. Sadece o gece değil; ondan çok daha önceki gecelerde de hep aynı şeyi düşünmüştüm: Ayrılmak istiyordum ondan. Çünkü bir insanın başkasıyla beraber olması için öncelikle kendiyle beraber olması gerekiyordu. Oysa uzun zamandır kendimle değildim. Kendimde neyi kabul etmediğimi, neyle kavgalı olduğumu, neyi dışladığımı tam olarak bilmiyordum ama çok büyük bir şey eksikti işte. Yalnızlığı daha çok seviyor ve hemen her şeyden sıkılıyordum. Saklanmak çok güzel bir histi, kimse olmuyordu yanımda. Simsiyah bir ışığın altında simsiyah bir göğe bakıyordum. Yüzler olmuyordu. Sesler olmuyordu. Neye dokunduğunu bilmezsen ondan iğrenmen gerekmiyor böyle durumlarda. Sabah uyandığımda son birkaç aydır olduğu gibi yine ilk onun sesini duymuştum. Mutfakta şarkı söyleyerek kahvaltı hazırlıyordu. Yatağın ucunda biraz oturdum. Sesini dinledim. Tuhaftı. Bana ait hiçbir şey yoktu sanki. Elbise dolabının aynasında kendime bakıp aniden kalktım. Berbat görünüyordum. Saçlarım dağınık ve yüzüm çökmüştü. Daha fazla tahammül edemedim kendime. Sonra da müthiş bir kararlılıkla mutfağa gidip belinden sarıldım. Konuşmasına izin vermeden "Ayrılmak istiyorum" dedim. Ellerimi usulca belinden çekip hazırladığı şeyleri birer birer salondaki masanın üstüne götürmeye başladı. Hiçbir şey olmamış gibi şarkı söylemeye devam etti. Ne hazırladıysa tek tek götürdü. Salondan mutfağa en az sekiz kez gidip geldi. Buzdolabına yaslanmış onu izliyordum. Peyniri, zeytini, ekmeği ve ne varsa tek tek... Son gelişinde ise sırtını bana dönüp tezgâhın üstüne iki elini koydu. Söylediği şarkı bitti. Sustu. Sonra da "Masaya götürülecek bir şey kalmadı, kahvaltı hazır" dedi. Sesi titriyordu ve ağladığını anlayabiliyordum. Yanına gitmek için adım attığımda yine bana dönmeden "yanıma gelme" der gibi bir elini havaya kaldırıp "Özür dilerim, senden daha fazlasını beklemiyordum zaten ama yine de ağır oldu bu. Bir şehir düşün. Bilmediğin bir şehir... Otobüsten inip aylak aylak etrafına bakarsın hani. Öyleydik biz. Otobüsten indin, gidecek yerin yoktu ve ben seni evime çağırdım. Senin suçun yok. Bir gün yine bilmediğin bir şehre gitmek isteyeceğini biliyordum. Her gece bu korkuyla uyudum. Her sabah uyanır uyanmaz daha gözlerimi açmadan ellerimle seni aradım. Eğer gittiysen bunu görmek istemiyordum çünkü. Gidişini elimle hissetmek bile korkunç acı verecekti, bunu da biliyordum. Gitmediğin her sabah şükrettim yanımda olduğun için.

Uyumanı izledim. Ve inan bana, hayatımda senden daha güzel bir şey yaşamadım. Güzel şeyler çabuk biter değil mi? Kim bitirdi seni? Kim bitirdi beni? Neyse. Teselli etmeye çalışma lütfen. Ama omzumdan öp bir kez daha. Sırtımdan sarıl. Yüzüne bakarsam masaya birkaç şey daha götürmek isterim. Öp ne olur omuzlarımı. Ve ne olur, bir daha nereye gittiğini bilmeden hiçbir yolculuğa çıkma!" dedi. İki adım atıp sırtından sarıldım. Dudaklarımı omzunun üstüne bırakıp "Çayı demlemeyi unutmuşsun, ben hazırlarım" dedim. Ağladık. Çocuklar gibi ağladık. Bir omzundan diğer omzuna kadar defalarca öptüm. Hala tezgâhın üstünde duran elini tutup kendime çevirdim. Saçları yüzünün üstüne düşmüş ve ağladığı için ıslanmıştı. Islanan saçlarını kulağının arkasına doğru taradım parmak uçlarımla. Çenesinden tutup "Buldum" dedim heyecanla... İnanması zordu onun için. Neyi bulduğumu bile sormadı. "Emin misin? Gerçekten buldun mu kendini" dedi. Titriyordu. Korktuğu çok belliydi. "Buldum" dedim tekrar kararlı bir sesle. "Buldum!" Hayatımda ilk defa biri kendimden gitmemem için benden gitmeyi göze almıştı. Durdum yanında. Kahvaltı yapmadık o gün. Dışarı çıktık. Yürüdük sadece. İki kez simit aldık. Çok yürüdük. Evimi bulmuştum.

Şüphesiz, hiç ummadığımız anda kaybettik bazı şeyleri; çok isterken, elimizdeyken veya az kalmışken... Fakat artık bunların **hiçbiri geri gelmeyecek.** Gelse dahi eski heyecanından çok uzak olacak belki de... Ve şu an yaşıyor olmamız ya da geçmişin güzel anları en büyük kazancımız. **Yeniden başlamak mümkün değil;** kendi hayatına devam etmek mümkün bundan sonra. Kabullenmekten **başka yol da yok.**

Onun da yaralı oluşunu seviyorsunuz ilk başta. Ama bir zaman sonra, sırf yarasından kurtulmak için geldiğini anlıyorsunuz.

Bir yerden başlamak için beni seçme. Çünkü hiçbir başlangıç için müsait değilim. Zaten insanların yeni başlangıçlar yapabileceğine hiçbir zaman inanmadım. Bu büyük bir yalan. Düşünsene; onca şey yaşıyorsun ve "Pardon; önceki yaşadıklarımın hepsi kötü birer denemeydi; asıl şimdi başlıyorum hayata" diyebilir misin? Gerçekten sana inandırıcı geliyor mu bu? Lanet izlerin tamamen kaybolduğunu gördün mü hiç? Birine sarıldın, öptün, kokusunu ve sesini kendininmiş gibi kabullendin; evinin sokağında gözün kapalı yürüyecek kadar bozuk kaldırım taşlarının yerini bile öğrendin ve bir yerden sonra unuttun geçti, öyle mi? Hayır, hayır! Ben, hiçbir şeyin başlangıcı olamam. Nerede bir enkaz varsa kendimi onun altında kalmış gibi hissediyorum. Nerede bir çığlık varsa ben de bağırıyorum o çığlığın sahibiyle beraber. Sen de öyle yap; bağır, sus, düş, ayağa kalk ve utanma bunlardan. Şayet yaşadığın her hayal kırıklığının sebebini bende arayacaksan bunu bile makul karşılarım, sahip çıkarım öfkene, irdelemem, tiksinmem, sarılırım. Samimiyet önemlidir çünkü. Mesela annenden ilk tokadı ne zaman yediysen, ilk nerede düştüysen, hangi yemekleri sevmiyorsan, ne zaman en sağlamından rezil olduysan, yaşamaktan ne zaman nefret ettiysen, gecenin kaçından sonra uyuyorsan, yorgunsan, kalabalıktan bıktıysan, seni sigaraya alıştıran arkadaşın her kimse, biri sana seni seviyorum dediği halde aslında hiç sevmediyse ve tüm bunlar için artık çıldıracak gibi oluyorsan ama kimseye anlatamıyorsan anlat bana. Fark ettin mi? Güzel şeyleri herkesle paylaşabilirsin, dinlerler seni, kıskansalar bile belli etmezler. Ama kimse bir yıkıntının ne için olduğunu öğrenmek istemez, yargılar, yüzüne iğrenç bir şeye dokunuyormuş gibi bakar, içinden güler, az bile yaşadıkların; sen bunları çoktan hak ettin diye sevinir, hatta yanındaymış gibi davranır. Bunca zaman içinde insanların gerçek yüzlerini hala göremediysen biraz daha dikkatli bak etrafına. Yanında olanların niçin yanında olduklarını öğrenmekten korkma. Ve bunun için benden bir başlangıç olmamı bekleme. Bırak, nerede düştüysen ve istiyorsan yanına oturayım. Aynı filmi yüzüncü kez izleyip yüzüncü kez Sadri Alışık ile beraber ağlayalım. Kaybedelim ulan! Ne var bunda? İlk defa mı olacak sanki? Yıllardır yapmadığımız kahvaltıların hepsini yapalım. Otobüsten, ineceğimiz duraktan birkaç durak önce inip yürüyelim. Uyuyamadığın zaman beraber uyumayalım. Hayat bu değil mi zaten: olduğu gibi kabul edip niye ağladığını bilmek ve aptal teselli cümleleri yerine "Artık ben varım" diyebilmek... İşte; bunlarla gel bana. Gerçeklerle, kaybettiğin şarkılarla, duymayı unuttuğun sözlerle, özlediklerinle... Yıkıldığın o yolda dur şimdi. Ya da ayağa kalk çabuk! Elimi tut. Başını göğsüme koy, kalbimi dinle. Ayakkabı numaranı, kokunu, sesini, kepekli ekmeği sevip sevmediğini öğreneceğim daha. Bana bunlarla gel işte. Ama asla yeni bir başlangıç olmamı bekleme. Çünkü insan, ne kadar acı olursa olsun geçmişiyle bir bütündür.

Bir şey için öyle çok kırıldım ki, canımın biraz olsun acıması için daha büyük yaralar bırakmanız lazım artık. Ama buna da ben izin vermem.

İnsanları yalnız kaldığımda tanıdım. Kalabalıkta kimse kimseyi tanıyamıyor, ne tuhaf. Hep beraber olduğunuz birini de böyleyken tanıyorsunuz; onu düşünürken, tam o anda yanınızda olması gerekirken ve o kalben ya da bedenen başka bir yerdeyken, ya da tam karşınızda dururken ve ona çok şey anlatmak isteyip de susarken ve yine o bedenen yanınızda olsa bile kalben başka bir yerdeyken, ya da o çok konuşurken ama bu kez de konuşacak hiçbir şey kalmadığı için onun konuşmasına aldırmadan susarken. Camda oluşan bir buğuya bakıp adının baş harflerini buğuya yazarken aniden camın üstüne gün ışığı düştüğünde buğuyla beraber ölen adının baş harflerine üzülürken, otobüse bindiğimde yanımda oturana otobüsün dışındakiler hüzünle el sallarken ve ben kimseye veda edemezken. Hiçbir yerde ve hiçbir zaman biri tarafından beklenmezken, otobüste yanımda oturana "ne kadar kaldı yolun, neredesin, ne zaman burada olursun?" diye sorduklarını duyduğum zaman, bavulsuz çıktığım yolculuklarda, olmayan bavulum için muavin bana fiş vermediği zaman, kaldırım taşlarına bakarak ve her kaldırım taşına basmaya çalışarak yürürken. Yanımdan birileri gülerek geçerken, sesimi odamın duvarına gönderdiğimde sesimin bile bana dönmediği zaman, yatağa uzanıp ölümü düşündüğümde içime yürüyen kızgın ateş tüm bedenimi üşütürken ve hiçbir mutlu fotoğrafta görünmediğimi anladığımda tanıdım insanları. Ne tuhaf; kalabalıkta tanıyamıyor kimse kimseyi ama tortusu yetiyor dibe çökenlerin. Yaşadım ve anladım.

*Hayat, geç kalmak için hiç müsait değil.
Ve geç gelen şeylerin verdiği mutluluklar
hep buruk olur. Hep acıya dönüktür yüzü.*

Kitabı tam yirmi yıl önce okumuştum. Yüzlerce kitabın arasında onu fark ettiğim zaman yıllardır görmediğim bir tanıdığı görmüş gibi heyecanla elime aldım ve arka kapağında parmaklarımı gezdirdim. Kitap da bana" Hoş geldin" der gibiydi. Mutlu olduğunu hissedebiliyordum. Birkaç saniye öylece durduktan sonra sayfalarına göz gezdirdim. Zamanın durduğu tek yer kitaplardı. Aynı sokaklar, aynı insanlar, aynı mevsimler, aynı siyasi iktidar, cep telefonu henüz icat edilmediği için köşe başlarında yan yana duran jetonlu telefon kulübeleri, kulübelerin arkasında ellerinde jetonlarla o an konuşanın konuşması bitsin diye heyecanla ya da "amma uzun sürdü konuşman" diye öfkeyle sıra bekleyenler, çiseleyen yağmur, hafifçe esen rüzgâr, az ilerideki kıraathanede okey oynayıp önümüzdeki seçimlerde kime oy vereceklerinden bahseden emekli amcalar, seyyar arabasında haşlanmış mısır satan hayli yanık tenli, tek gözü kör olan ve karısını öldürdüğü için yirmi yıl hapis yatan eski hükümlü mısırcının "taze haşlanmış mısır" diye bağıran sesi, birkaç dakika önce trafik lambalarında gürültüyle birbirine çarpan iki arabadan mavi olanında direksiyonla koltuk arasına sıkışan otuz yaşlarındaki kadının acı çığlıkları ve daha başka birçok şey aynıydı ve ben de tıpkı evime dönmüş gibiydim. Beni derinden etkileyen bu kitabı okuduğum zamanlar bu kadar kayıp değildim, ama tıpkı şimdi olduğu gibi aradığım bir şeyler vardı. Bir gün gelecek ve bulacaktım, bundan emindim. Oysa geçen bunca yıldan sonra aradığım şeyi bulmak bir yana, her şeyden daha fazla uzaklaşmıştım. Okulum bitmiş, hiç ayrılmayacağız dediğimiz insanlardan çoktan ayrılmış, onların yerlerine yenileri gelmiş, yeni gelenlerden de ayrılmış, yenilenen ve ardından da bir çırpıda eskiyen bu şeyler bolca tekrarlanmıştı. Kitabın ilk baskısını yeni işe girdiğimde başka bir şehre taşınırken kaybetmiştim ve kitap ondan sonra da hiç aklıma gelmemişti. Gitmek istediğim yerler, görmek istediğim insanlar, sevdiğim şarkılar, öğrencilik zamanlarımda iki günde bir yediğim çeşit çeşit makarnalar da kitapla beraber unutulup gitmişti. Fakat zaman geçtikçe içimdeki tuhaflık geri dönmüş ve eksik parçamın ne olduğunu hatırlamak istesem de bir türlü bulamamıştım. Eski sevgilim Nihan, annem ve babam, banka hesaplarımdaki tomarla para, iki yatak odalı bahçeli iki katlı evim, yer yıl yenilediğim arabam, iş toplantıları, bir zamanlar en yakın arkadaşım olan ancak şimdi yurt dışında yaşayan Samet'in üç yaşındaki oğlu beni biraz oyalasa da hepsinden garip bir şekilde uzaklaşmış ve beni hiçbir şekilde tatmin etmemelerine artık alışmıştım. Acılar geçiyordu. Mutluluk gibi görünen şeyler de geçiyordu. Her şeyin böyle inanılmaz bir hızla değişmesi insanı hiçbir yere ait olmayan bir yolcuya dönüştürmeye yarıyordu sadece. Yirmi yıl içinde işim gereği onlarca şehir ve ülke görmüştüm. Yüzlerce kitap okumuş, her an mantar gibi çoğalan ancak ilk kitaptan sonra ortadan kaybolan ya da kendini devamlı tekrarlayan yazarların unutulmasına şahit olmuş, akrabalarımın hepsi evlenip çoluk çocuğa karışmış, uzun yollardaki dinlenme tesislerinin kirli kaşıklarından tiksinmiş; otobüslerde iki büklüm uyumuş, uyanmış, gitmiş, dönmüş, kazalar görmüş biri olarak en büyük ve ölümcül kazaların kendi içimde olmasından, ancak her nasılsa bu kazaların her birinden her zaman sağ salim çıkmaktan da nefret etmiştim. Ölmeyi çok istiyor ancak ölümden sonra nereye gideceğimi bilmediğim için bundan da korkuyordum. Beni hayata bağlayan bir şey vardı; fakat bu şey aynı zamanda da beni hayatın belirsizlikleri içine itiyordu. Çünkü ne olduğunu bilmediğin bir şeyi devamlı aramak yorucuydu ve aradığını bulamamak ya da bulduğunu sanıp onda yanılmak bütün çabalarını boşa çıkarıyordu, Nihayetinde ise en başa dönüp aynı yolları yeniden yürümek, aynı insanları ilk kez görüyormuş gibi tekrar tanımaya çalışmak, nerede hata yaptığını bulmaya çalışmak, bir sürü yol ayrımına gelip geçen sefer hangi yolu seçtiğimi hatırlayama çalışıp yine aynı yolu seçmemeye özen gösterirken es kaza yine aynı yolu seçip yolu yarıladığında bunun farkına varmak ve oradan geri dönememek fakat yolun sonunun nereye gittiğini bilmek de son derece ürkütücüydü. Bu yüzden, ömrümün çoğunun boşa geçtiğini kabul etmek benim sıklıkla karşılaştığım doğrumdu. İşte, bu kitabı tekrar gördüğümdeki sevincimin sebebi de buydu: Çok, çok öncesine dönebilirdim artık. Sanki zamanın da daha öncesine... İnsan nüfusunun çok az olduğu ve yaşamak için güzel olan yerlerin kirletilmediği o zamanlara... Yani terk edilmediğim, güldüğüm, çalışmak zorunda olmadığım, toplum içindeki kimliğimin zerre kadar önemi olmadığı zamanlara...

Kitabı alıp apar topar eve dönüşüm de tıpkı çocukluğumda okuldan eve döndüğümde okul kıyafetlerimi ve çantamı bir kenara atarak sokağa koşuşum gibi olmuştu. Daha ışığı açmadan ceketimi, kravatımı ve ayakkabılarımı bir kenara fırlatıp tek başıma yaşadığım evin salonundaki gri, yumuşak minderli üçlü koltuğa uzanışım hayattayken son derece yorulup artık mezarına girdiğinde boylu boyunca uzanan bir ölünün mutluluğuyla eşdeğer olmalıydı. Diğer zamanların aksine, o an başka hiçbir şeyi düşünmek istemiyordum. Kış artık yavaş yavaş geliyordu ve sanki dışarıda üşüdüğü için ısrarla pencereden içeri girmek isteyen rüzgârın cılız ıslıklar halindeki sesi dahi rahatsız etmiyordu beni. Rüzgâr sesini hiç sevmiyordum artık. Bana, sanki elleri kurumuş kadar zayıflamış, yüz yaşındaki bir insanın tırnaklarını cama geçirmesi gibi geliyordu. Evime kapanmak her şeyden daha güzeldi. Kendimle baş başa kaldığım zaman hep geçmişimle ilgili bir şeyleri hatırlamaya çalışıyor, denize ilk ne zaman girdiğimi, yükseklik korkumu ilk ne zaman fark ettiğimi, yaz tatillerini, ilkokul öğretmeninin adını, beni en çok korkutan şeyin ne olduğunu, anlamsız suçluluk duygularımı, bana söylenen yalanları, benim söylediğim yalanları, aynı fotoğraflara defalarca bakıp gözden kaçırmış olabileceğim ayrıntıları bu kez gözden kaçırmamak için niye deli gibi çabaladığımı, annemi artık neden aramadığımı, birine ya da bir şeye kolay alışamazken sigarayı ilk içtiğimde herkesin başına geldiği gibi benim de neden hiç zorlanıp öksürmediğimi, içime attıklarımın bir yol bulup dışarıya çıkamadığı için beni devamlı sıkıştırdığını, sınırlarımın neden bu kadar kesin çizgilerden oluştuğunu düşünüyordum. Aradığım şey bunların birinde olabilirdi. Es kaza insanların içine karıştığımda ise insanlarla yüzleri yokmuş gibi konuşuyordum. Sadece bir bedenden ibarettiler benim için. Ten renkleri aynıydı. Yüzleri olmadığı için, sesleri de farksızdı. Ufuk çizgisini tam omuzlarının hizası olarak alıyordum ve böylece omuzlarından daha yukarısı olmuyordu. Kimseyi tanımamanın muhteşem rahatlığı en sıkı dostumdu.

Nihan'ı seviyordum. Hayatımda nadiren yaptığım doğrulardan biriydi. Fakat ne kadar kaçmak istesem de yalnızlığa daha yakındım. Yanındayken aniden susuyordum. Hiç sebepsiz, bir şeyi unutmuşum gibi. Ya da bir şeye nedensiz yere kızmışım gibi. Hayata küsmüşüm gibi... Son kez görüştüğümüz gün de böyle olmuştu. Harika başlayan sabah öğleye doğru tam anlamıyla felakete dönüşmüştü. Yine başka biri oluvermiştim. Elini tuttuğum kadının yüzü yok oluvermişti birdenbire. Korkmuştum ondan. Yeni uyanmış gibi gözlerimi ovuşturup onu görmeye çalıştım. Defalarca denedim bunu. Parmaklarım gevşedi önce. Kendi üstümden yere düştüm. Düştüğüm yerden kendime bakıyordum ve oradan hemen gitmek istiyordum. Bir ara kendi yüzümün de olmadığını sanıp boşta olan elimle kendi yüzüme çekinerek dokunmuş ve yüzümün olduğunu anladıktan sonra derin bir nefes almıştım. Birkaç dakika sonra da yine ona bakmadan "Bitsin, gitmek istiyorum artık" demiştim ve bunları der demez o berrak sesi de birdenbire geri gelmişti. Fakat çok geçti her şey için. Nihan'ın buna tepkisiz kalması mümkün değildi. Çünkü bir defasında "Doğru ya da yanlış, şaka ya da gerçek, bir gün bana gitmek istediğini söylersen önünde durmam. Ne kadar canım acırsa acısın buna katlanırım ama sana dur demem. Anlıyor musun? Sevgimin değersizliği anlamına gelir bu. Yaşadıklarımızı önemsiz bir hale getirir. Senden istediğim tek şey bu: Kendinden eminsen ve gerçekten gitmek istiyorsan yüzüme bakıp gitmek istediğini söyle" demişti. Yolun ortasında durdu aniden. Az önce düştüğümü sandığım yerden bu kez ona gerçekten korkarak bakıyordum. Yüzünde inanılmaz bir hüzün ve şaşkınlık peyda olmuştu. Duyduklarından emin olmak isteyen bir hali vardı. Yanlış duymadığını anlayınca da düşmemek için ayaklarını yere gömer gibi karşımda dik durmaya çalışıp güldü. Gülümsemesi geçti. Kaşlarını çattı. Tekrar güldü. Gözleri irileşti. Gözlerinin içine hafriyat kamyonları bir inşaatın bütün molozlarını doldurmuş gibi doldu gözleri ama ağlamadı. Kendini toparladı inanılmaz bir hızla. Sırtını dikleştirdi. Elimi bırakıp "Peki" dedi sadece. Kendimden daha sağlam bir şeye çarpıp dağıldığımı hissettim o an. Bir çarpışma esnasında diğer taraf ne kadar güçsüz olursa olsun çarptığı şeye mutlaka bir iz bırakırdı ama ben onda hiçbir iz bırakamamıştım. Üstünde bir çizik bile yoktu. Hatta ben hiç yok gibiydim. Parçalarım bile ufalanıp toz zerreleri gibi sağa sola dağıldı. Affedildiği için üzülen bir günah gibiydim. Elbette bir günah affedilirse günahın sahibi üstündeki yükten kurtulduğu için rahatlardı fakat günah kendi ölümüne üzülürdü. Nefretle kendime baktım. Bencil ve hırslıydım. Bunun başka bir açıklaması olamazdı. Başka bir şey demedi. Ellerini cebine koyup gittiğimiz yönün aksine doğru yürümeye başladı. Tutunacak hiçbir şeyim kalmamıştı. Etrafımdaki insanların yüzleri kayboldu yine. Ufuk çizgisi omuzlarına indi. Gözden kaybolana kadar izledim onu. Bir ara duvara yaslanıp gökyüzüne baktı. Sendelemiş olmalıydı. Çok kısa bir süre oldu bu. Bu saçma bitişi hiç hak etmemişti oysa. Gittikten sonra, cılız bir umutla yanımdan geçen herkesin yüzüne tek tek baktım. Uzun zamandır ilk defa yüzlere bakıyordum. Herhangi birinde onu görmek istiyordum. Uzun boylu, kısa boylu, şişman, zayıf, konuşan, susan, bağıran, ağlayan, gülen, gayesizce yürüyen, kadın, erkek birçok insana dikkatlice baktım. Dudaklarını, gözlerini, ellerini, yürüyüşlerini; hepsini, ama hepsini bir bir inceledim. Fakat yaptığım bu şey çok saçmaydı. Asıl yapmam gereken şeyin onun peşinden gitmek olduğunu biliyordum. Cılız da olsa gerçek umut buydu. Belki bir ihtimal affederdi. Fakat nereye kadar? Önünde sonunda yine aynı şeyi yapacaktım. Hayatı zehir olacaktı. Ve ikinci kez ya da daha fazlasını yaptığımda, ne onda ne de kendimde güzel hatırlanacak hiçbir şey bırakmayacaktım.

Uzun bir zaman hayatımda kimse olmadı. Olanlar ya da olmak isteyenler de ben artık gitmek istiyorum dememe fırsat bırakmadan kendileri gittiler. Umutsuz bir vaka olduğum çok belliydi zaten. Susuyordum, yüzleri ve sesleri kayboluyordu. Bu alışkanlığım hiç değişmiyordu. Ufuk çizgisinden söz etmeyeceğim bile... Banka hesaplarımdaki tomarla para, tıka basa doldurulmuş ama hep küflendiği için attığım buzdolabımdaki çeşit çeşit peynirler, iki yatak odalı bahçeli iki katlı evim, yer yıl yenilediğim arabam, iş toplantıları ve sahip olduğum diğer her şey hiçbir şey değildi. Bir kaos vardı ve bu kaos günden güne büyümüştü.

Rüzgârın, ölümü çağrıştıran sesine gülerek sırtımı döndüm. Doğduğum güne kadar gidip kendimi izlememin zamanı gelmişti artık. Kitabı okumuyordum da, adeta içinden sesler geliyordu. Herkes işini gücünü bırakmış ve kendi hikâyesini anlatmak için sabırsızca söylenip duruyordu. Telefon kulübesinde sıra bekleyenler, mısırcı, kıraathanedeki amcalar, kaza yapan arabadaki kadın... Mesela mısırcı ve kaza yapan arabadaki kadın aldatılmışlardı. Kadın, evden öfkeyle çıkıp direksiyon başında ağlarken önünde aniden duran arabayı fark etmemiş ve çarpmıştı. Bana anlattığı buydu fakat buna pek inanmamıştım. Bana göre olay çok daha farklıydı: Evet, kadın aldatıldığını öğrenmiş ve öfkeyle evden çıktıktan sonra da intihar etmeyi istemişti. Bunu nasıl yapabileceğini düşünürken de o an arabayla bir yere çarpmak çok iyi bir fikir gibi gelmişti ve bu yüzden frene hiç basmadan önünde aniden duran arabaya hızla çarpmıştı. Fakat kazadan sonra da ölümden çok korkmuş, yaptığı şeye deli gibi pişman olmuştu. Ölüme yaklaşınca inanılmaz bir yaşama istediği belirmişti içinde. Her şey bir yana, "Neden öleyim? Ben ölürsem başkaları hayatına devam edecek ve hatta benden kurtuldukları için birkaç sinsi gözyaşıyla beraber üzülmüş gibi yapacaklar ama bir zaman sonra da yokluğumun keyfini çıkaracaklar" diye düşünmüştü. Haklıydı. Hayat nasılsa devam edecekti. Çünkü hep böyle olurdu ve geride kalanlar gerçekten üzülseler bile yaşamaya devam ederlerdi. Mısırcı ise karısıyla aşığını aynı yatakta görünce cinnet getirip önce adamı, sonra da severek evlendiği karısını öldürüp cesetlerinin başında ağlamış, suç aleti olarak elinde tuttuğu bıçakla birkaç kez kendi bileklerini yoklamış fakat kendini öldürmekten son anda vazgeçip polisi aramıştı. Mahkemede de avukatının onca ısrarına rağmen pişman olmadığını söyleyip böylece cezasında yapılacak muhtemel bir indirimi de reddetmişti. Telefon kulübesinde sıra bekleyenlerle kıraathanede kâğıt oynayıp önümüzdeki seçimlerde kime oy vereceklerinden bahseden amcalardan söz etmek istemiyorum. Onların değersiz hikâyeleri var. Sıradan ve günlük telaşlar sadece... Bu arada asıl canımı sıkan şey; bunca sıkıntılı insanın içinde kendime dair hiçbir şey bulamamış olmamdı. Güya çocukluğuma kadar inecektim ama sanki biraz daha yaşlanmıştım. Başımı yasladığım yastığı sinirle yere atıp kitabın sayfalarını hızlıca çevirdim. O sırada, kitabı ilk okuduğumda hayran kaldığım halde uzun zamandır aklıma bile gelmeyen bir kadın çıktı karşıma.

Oysa unutulacak biri değildi. Kadının boyu benden sadece birkaç santim daha kısaydı. Dudaklarının arasında sigara, sokağın başında dikilmiş ve hararetle çantasını karıştırıp çakmağını arıyordu. Yanından geçenler sigarasını yakmak istiyordu fakat o hiçbirine aldırmıyordu. Hemen yanımda duran sehpanın üstündeki çakmağa gitti elim. Çok saçma bir şeydi bu. Hatta aptalcaydı. Fakat kendime engel olamamıştım. Beline kadar inen kumral ve dalgalı saçları hafif esen rüzgârda son takatini konuşmak için harcayan bir hasta gibi belli belirsiz sağa sola kımıldıyor, dudaklarının her iki yanındaki küçük çizgiler de kadının ne kadar yorgun olduğunu açıkça belli ediyordu. Sigarasını yaktıktan sonra derin bir nefes alıp dumanını olabildiğince uzağa üfledi. Bunun için bir çaba sarf ettiğini ya da bilinçli olarak yaptığını sanmıyorum. Dikkatlice izliyordum onu. O da biri tarafından izlendiğini fark etmiş gibi karşıya baktı bir an. Arkasına döndü. Kimsenin ona bakmadığından emin olduktan sonra da omzuna astığı siyah çantayı bu kez boynuna çaprazlama asıp yürümeye başladı. Kadının adı Merve idi. İleriki sayfaların birinde adamın birinin ona böyle seslendiğini hatırlamıştım. Çok az bir zaman sonra da o adamın, kadının yanına yaklaşıp konuşmak isteyeceğini biliyordum. Yine saçma bir şekilde "Dur, o tarafa gitme" demek geldi içimden. Yürüdü... Kitapçının önüne geldiğinde ise o adamla karşılaşması kaçınılmazdı artık. Kitabın sayfalarını biraz daha çevirip Merve'yi orada bırakabilirdim aslında. Fakat hatırladığım kadarı ile adamla ağlayarak konuşmuştu. Ne için ağladığını unutmuştum. Bu yüzden kitabın sayfalarını çevirerek onunla beraber ben de yürüdüm. Bir gölge gibiydim adeta. Hemen yanındaydım ve beni göremiyordu. Nihayet o adam da sokağın karşı tarafından geldi. Hiç istenmeyen fakat olması gereken karşılaşma olmuştu işte. Adamı görür görmez Merve ile beraber ben de irkildim. Hatta daha ilerisi, vücudumdaki bütün kan çekildi. Çünkü adam bana inanılmaz benziyordu. Tıpkı yirmi yıl önceki halim gibi biraz zayıftı ve sakalları seyrekti. Hava soğuk denilebilecek kadar serin olduğu halde adamın üstünde sadece siyah bir t-shirt vardı. İyice yaklaştığında iki elini de cebinden çıkarıp Merve'ye şaşkınlıkla baktı. Bu karşılaşmayı onun da ummadığı apaçık belli oluyordu. Tedirgindi. Konuşacakmış gibi olup dudaklarına zorla hâkim oluyor ve susuyordu. Birkaç kez tekrarlandı bu. İkisinin arasında gözle görülemeyen bir uçurum vardı. Nihayet çok uzaklara gitmeye mecali olmayan bir "Merhaba Merve" demeyi başarabildi adam. İkisi orada öylece dururken kitabın sonraki sayfalarına hızlıca göz attım. Belki adamın ismi sonraki sayfalarda geçmiş olabilirdi fakat bulamadım adını. Hemen aynı sayfaya geri dönüp Merve'nin yanındaki yerimi aldım. "Neden?" dedi Merve ve konuşmasına devam etti: "Niye gittin?" Merve, sanki tüm zamanların en zor sorusunu sormuştu adama. Aslında, adam için de, Merve için de cevabının çok önemli olmadığı bir soruydu bu. Neticede gitmişti. Her gitme durumunda olduğu üzere cevabı bilmek sonucu değiştirmeyecekti. Adam, bu kez dudaklarına hâkim olamayıp tuhaf bir cesaretle "Kalamazdım, biliyorsun" dedi. Sesinde pişmanlık ya da utanç yoktu. Yaptığı şeyin doğruluğundan kesinlikle emindi. Biraz sustuktan sonra tekrar "Kalamazdım, biliyorsun" dedi ve yine devam etti konuşmasına: "Kızma bana! Ufuk çizgisinden, insanların kaybettiğim yüzlerinden, herkesi aynı gibi görmekten, herkesin sesini tek bir ses gibi duymaktan, zaman zaman seni de bunların içinde bulduğumdan tekrar söz etmek istemiyorum. Kalamazdım işte. Umutsuzum ben, değişemem. Yapamıyordum bunu. Yalnızlığa her zaman daha yakındım."

Adam bunları der demez elimle ağzını kapatarak daha fazla konuşmasına engel olmayı istedim. Hatta daha ilerisi, içimden ona vurmak geldi. Öfkelendim. Bir yumrukla sokağın ortasına serip koşarak oradan uzaklaşmalıydım! Peki; niye bu kadar kızmıştım ona? Merve'ye bunları yaşattığı için mi yoksa sadece bedenen değil, karakter olarak da bana çok benzediği için mi? Ya da konuşan ben miydim? Merve'yi ne kadar zamandır tanıyordum? Gitmeyi ve ufuk çizgisinden söz etmeyi bu kitaptan mı öğrenmiştim?

Kitabın içinde az önce hızlanmaya başlayan yağmurun saçlarımı iyiden iyiye ıslattığını ve kollarımın üşüdüğünü hissettim. Kaçarcasına yürümeye başladım. Dönüp arkama bakmak istemiyordum. Merve ve o adam geride kaldı. Kıraathanede okey oynayan amcaların yanından geçtim. Bilmem ne partisine oy vereceklermiş, ekonomi tam bir enkazmış ve bu ekonomiyi ancak bu yeni parti düzeltebilirmiş, parti lideri çok gençmiş, işsizlik bitecekmiş, memlekette adalet sağlanacakmış falan... Sokağın başında kaza yapan o kadın da ölmüştü. Olay yerine ambulans gelmişti ve kadını siyah bir ceset torbasının içine koymuşlardı. Kocası ağlıyordu kadının; çok komikti bu. Hayat devam ediyordu. Mısırcı da tezgâhı toplamış gidiyordu. Daha fazlasına tahammül edecek halim kalmamıştı. Alnımdan aşağıya doğru süzülen terler dudaklarıma doğru inerken kitabı hızlıca kapatıp sehpanın üstüne bıraktım. Aradığım şeyi bulmuş olmaktan korkuyordum: Bazıları hiçbir yere ait olamıyorlardı. Bunun herhangi bir bahanesi de yoktu üstelik. Rüzgârın camı tırmalayan sesi ısrarla içeriye girmeye çalışırken annem geldi aklıma. Telefonu elime alıp rehberden a harfine bastım ama vazgeçtim. Yine aramadım onu. Tüm mesele o ufuk çizgisiydi: Sesleri ve yüzleri silip götürüyordu... Eğer becerebilirsem uyumalıydım artık, geç olmuştu.

Peşinden gidemeyecek kadar yorgun değilim fakat biliyorum ki bir daha olur aynısı. Bir daha biter. Bir daha gidersin. Yaralandık biz.

Özledim, çok muazzam hem de. Şayet bir şeylerin düzeleceğini bilsem, şu an hiçbir bahanenin arkasına sığınmadan arar ve sesine yüzümü yaslardım inan. Çünkü tüm mesele sesini duymak. Tüm mesele "iyi ol ne olur" deyip telefonu kapatmak ve kendim gibi emin olduğum sesindeki özlemi duyabilmek.

Ama yazık ki bunun da olması mümkün değil artık. Keşke diyemeyecek kadar uzaklaşmışız, bitmişiz, başka şeyler denemişiz, olmuş ya da olmamış, ne fark eder? Ayrıca biliyorum; biz, seninle hiçbir şeyi bir araya getiremeyiz bundan böyle ve hatta daha beter dağılıp iyice nefret ederiz birbirimizden. Öfkeden yahut kinden değil asla; olabilirdik, direnmeliydik diye düşündüğümüz ve samimiyetle böyle hissettiğimiz için.

Biliyorum, özlüyorsun... Biliyorum, kırıldık ikimiz de ve geri dönüşü mümkün değil artık. Biliyorum, bu, böyle bitecek. İyi ol ne olur. İyi ol...

Geçmişe bir saygı ve matem evresi olmalı biten her şey için. *Giden,* bir yerde durup *soluk almalı* en azından. Ya da kurcalanmamalı geride bırakılan. Hiçbir şey yaşanmamış gibi hemen nasıl başlıyorsunuz yenisine ve kalpleriniz böyle çabucak nasıl dönüşüyor bir taş parçasına, şaşıyorum.

Bir adım atarken bile bu kadar düşünüyorsam boşuna değil kuşkusuz. Sabahattin Ali'nin dediği gibi: "İnsanlar benden inanmak kudretini almışlar."

Bakın, ben toparlanamam, toparlanamıyorum. Zaten toparlandığımda ne olacağına dair en ufak bir fikrim yok. Bunu düşünmek bile çok ürkütücü. Ne yapıyorduk? Gidiyor muyduk? Kalıyor muyduk yoksa? Hatırlanmaz mıydı hiçbir şey toparlanınca? Olduğum yerde kalmaya alıştım ben, gitmek nasıl olur bilmiyorum. Yeni bir başlangıç yapmak için cesaret yeterli demelerine inanamıyorum. Çünkü sadece cesaret yetmiyor. Çünkü tekrar inanmak öyle kolay değil. Talih lazım biraz da. İyi şeylerle karşılaşmak lazım.

Hayatıma dair bir özet çıkaracak olursam, soru sorulmadan ve talan edilmeden birine sessizce sokulup uyumaktı niyetim, başka bir şey yok, başka bir şey istemedim, hepsi bu işte... Fakat en sevilen olmadım hiçbir zaman, olamadım. Bunu ben beceremedim diyorum yine de. Hep bir şeylerin ardından geldim. Ayaklarımı hissedemeyene kadar yürüdüm, güvenmek istedim, kapı numarası on olan evde de oturdum, kapı numarası bir olan ve merdivenlerden iki kat aşağı inilen evlerde de... Işıksız kalmanın ya da yerin dibinin ya da bir şeylere sahip olmanın gerçek anlamını bildiğim için önemsemedim bunları. Geçip giderdi böyle şeyler, geçip giden şeyler acı vermiyordu insana. Fakat birine takılıp düşmek marazlı bir çocuğun doğumu gibiydi tıpkı; sahip çıkmıyordu kimse kendi kanından bile olsa. Anlatırım bunu size. Siz de anlatmak istemişsinizdir birilerine vaktiyle... Ama bilirsiniz; niye bu kadar kötüsünüz deyip susmak insanın tek kapısı oluyor bazen. İnce şeyler ne güzeldir oysa, değil mi? Gazeteyi alıp bilmem kaç ciltlik ve aslında hiç okunmayacak ansiklopediler için kupon biriktirmek mesela, bunu özledim ben. Annemin pekmezle unu kavurup dünyanın en lezzetli tatlısını yapmasındaki masumiyeti... Korkunun da masum şeylerden kaynaklandığı zamanları... Yaptığın şeyin sonuçlarının insanın tüm ömrünü mahvetmediği o çocukça yanlışları. Şimdiye kadar birbirine benzeyen çok şey gördüm. Ama hiçbir şey dışarıdan göründüğü gibi değil. Parlak bir taşın çekiciliği var sadece ve öyle bakıyorsunuz insanların yüzüne. Ama acı ne dokunmayla ne de bakmayla anlaşılmıyor. Cesaretiniz varsa kısa bir an bile olsa hissetmeye çalışın. Ne yaşadığına bakın. Ne yaşadığına önyargısız ve "Ben olsaydım öyle yapmazdım" demeden bakın. Yaralar iğrenç değil; yaralara iğrenerek bakmanız iğrenç. Birini yaralamaktan zevk almanız ve bunu hiç önemsememeniz iğrenç. Kırılan bir eşya gibi çöpe atmanız, duyumsamaya alıştığınız kan kokusu, gördüğünüz bir kazaya merakla bakıp "Şükür tanıdık değilmiş" deyip yolunuza devam etmeniz iğrenç! Geçip gitmiyor işte bunlar. Ve geçip gitmeyen şeyler acı veriyor insana.

Tekrar

Neyi kaybettiğimizden söz edelim bu gece, otur karşıma. Canım acıyacak diye korkma, bir kez olsun dik dur, dişini sık, hisset, o aldırmaz tavrını bir kenara bırak ve kahrolası bencilliğinin bir gün başına en büyük belayı açacağını kabul et. Kır şu kabuğunu, sığınma bahanelerin ardına. "Sen çok iyiydin ama ben seni hak etmiyordum" masallarını da geç. Bin kez düşündüm bunları. Kolumu bir arabanın arkasına bağlayıp hareket etmesini izler gibi gözümü kırpmadan bekledim zaten. Ayrılıksa mesele, her şeyimi bir kenara bıraktım sana gelirken. Derdim seni küçük düşürmek değil, kıyamam sana. Kahretsin ki hala kıyamam. Güzeldi, derim her şeye rağmen... Ama bunu gerçekten hissetmeliyim. Yani hakkını ver benden aldıklarının. Sarılma, uzatma elini, dokunma! Tükenmişliğime acımadan hürmetin ve şefkatin içten olsun. Gerekirse boydan boya göğsüme yaz adını. Bilinsin... Şu sokağın hemen başında öptüğüm gibi kapat gözlerini. Yağmur yağdır biraz yüzüme. Benim derdim seni tutmak değil. Otur karşıma, konuş. Sadece neyi kaybettiğimizden söz edelim bu gece. Sonra git. Kolunu bir arabanın arkasına bağlayıp hareket etmesini izlemek nasıl oluyormuş anla bunu. Benim derdim... Otur karşıma... Bir kez daha...

Ve karşıma geçip yokluğunuzla tehdit ediyorsunuz, varlığınızı henüz ben kabul etmemişken. Bir eksik, bir fazla... Fark eder mi?

Çok ummadan yaşayın. Daha kötüsü olamaz dediğinizde bile daha kötüsünün içine düştüğünüzü unutmadan. Çok kuvvetli sarılmadan mesela... Çünkü çok sarılınca geçmiyor. Feci acıyor insanın göğsü. Et acısı da değil üstelik. Kesik olsa kimseye göstermeden dikersiniz. Kırık olsa kaynar bir şekilde, sararsınız falan en kötü. Ama değil hiçbiri. Üstelik saklanmıyor da meret. Namussuz yara, parlıyor ışıl ışıl, görüyor herkes. Başına üşüşüyorlar, gülüyorlar, eğleniyorlar yaranızla. Ya da sahiplenmeyin kimseyi. Çünkü gideceğiniz yol hayli uzun oluyor bazen ve önünde sonunda yalnız kalıyorsunuz. Bazen de arkanızda bıraktığınız yol geri dönemeyecek kadar uzakta kalıyor. Kımıldamak bile gelmiyor insanın içinden. Mümkünler en problemli olasılıklarmış, bunu anlıyorsunuz. Olmamak için... Niyeyse... Neyse... Bunun için bırakın koşmayı; zaman, kendi kafasına göre ilerliyor neticede. Haz etmiyor onunla yarışıyor olmanızdan, hemen bugünü koyuyor önünüze. "Bugün sizinle olan, dün bir rüyaydı ve aslında hala size ait değil" diyor zaman. Tuzak... Emanet... Her şey çok iğrenç bir emanet. Çünkü dünde başka bir şey vardı, başka bir şeyi kaybedip hatta katledip geldik bugüne ve onu da bugünün vazgeçilmezi sanıyorduk ama değilmiş. Bugün, dünü öldürdük. Ellerimiz kanlı, dudaklarımız kanlı, yataklarımız kanlı. Duvarlara sıçramış çığlıklar var. Ses değil üstelik bu çığlıklar. Çıtımız çıkmadan, dişimizi sıkarak bağırmışız, bacaklarımızı karnımıza saplayıp ağrıyı azaltmaya çalışmışız. Duymamış yan odada duran annemiz, babamız, kardeşimiz, dostumuz, arkadaşımız, sevgilimiz... Kedimiz duymuştur belki ama o da anlatamıyor. Sırnaşık sırnaşık bakıyor sadece gözlerimize, onun da elinden bir şey gelmiyor. Gelecek için çok önceden adice planlanmış şarkılar var işte. Özlüyoruz eskiyi. "Masum değiliz" artık hiçbirimiz. Bunun için boğularak uykudan uyanıyoruz sık sık. Güya "Uyku apnesi" diyorlar buna. Bunun için bu öfke nöbetleri. Bunun için göğe bakarken kirpiklerimize yağmur düşmesini seviyoruz; bu rahatlatıyor bizi biraz olsun. Sonra bir umut hayata tutunuyoruz. Fakat bu da korkutuyor insanı bunca boşluktan sonra. İçilecek kadar suyu bile geçemiyorum ben mesela. Evet, bir bardak suda boğuluyorum. Bütün çiçekler dikenli. Bıçaklar beni yaralamaya gelince körelmiş giysiler giyiyor üzerine, ölemiyorum, yaşayamıyorum. Başka bir şey var. Sıramı savmışım iyi dediğim her şeyden. Kime sığarım artık, kime giderim, kim gelir bana, kim anlar, kim dokunmaz geçmişime, geçmişim rahat bırakır mı beni? Kim?

Kaybetmişlere iyi bakın, bunu kabul eden insanlara. Onlar, birilerini iyileştirmekten yorulmuş ve artık yalnız kalmayı tercih etmişlerdir.

Konuşalım mı biraz? Aramızda duran şu lanet olası sessizliği bugün edepsizce soyalım mı beraber, ister misin? Yardım et bana... Peki, korkar mısın bende şimdiye kadar görüp de hep gözünü kaçırdığın çaresizliğin seninle alakalı olduğunu kabul ettiğinde? Ve benimle yüzleşerek artık kendinden kaçamadığında durabilir misin kendinle? Kendine benim kadar tahammül edebilir misin?
...
Korkma benden. Ben aslında güzel çerçeveli bir boy aynasıyım ve yalnızca seni gösteririm. İstersen ibresi olmayan bir pusula da diyebilirsin benim için. Bir yönüm var ve her yanım sadece ve sadece sana bitişik. Sana itaatkâr, sana teslim olmuş. Merhaba. Gitme. Beni tanı gerçekten. Bir kez olsun gerçekten aynana bak ve kaybettiklerini değil, beni gör. Hep yanında olanı, başkalarını değil... Masalları, mitolojiyi, enflasyonu, şarkıları, taşmış

lağımları, tıkanmış nefesleri, kayıp kentleri, her an kafana sıkmak için elinde tuttuğun revolver'i bir kenara bırak ve bana ait ol. Dur! Bana bakmazsan gene de kızmam sana. Yermem, bağırmam. Teselli edilemeyen bu çocuğu ben sevdim, sen zorlamadın çünkü.

...

Konuşalım mı artık biraz? Bana geldiğinde senden neyini aldılardı ki bu kadar sıkı sarılmıştın bana? Kimleri koydun benim bedenime? Adını dahi bilmediğim kaç kişiyle dudaklarımı paylaşmak zorunda bıraktın beni? Göz bebeklerimi kundaklayıp nasıl uyuttun böyle beni ve nasıl göremedim senden başka hiçbir şeyi? Kırıldın mı bana da şimdi?

...

Beni yok et bu kez. Hayır! Kızmıyorum. Kızdığımdan değil. Sana biraz olsun faydası olacaksa ve etrafındakilere kusamadığın öfkeni benim içime bir çöp kutusuymuşum gibi kusup rahatlayacaksan, küçük diline ben kendim dokunurum. Çünkü benim gözümde iğrenecek hiçbir şeyin yok senin. Nefesini göğe üflediğinde dahi birilerine bir faydası olduğunu düşünüyorum hâlâ.

...

Seviyorum seni.

...

Nereye bakıyorsun şimdi? Karşı konulmaz ve ölümcül bir savaş makinesine benzeyen gözlerinin arasındaki devasa dişlilere beni yatırıp dünyanın en sıradan sözlerini ilahi bir ağızdan çıkmış gibi nasıl kabul ettiriyorsun böyle bana? Nasıl bu kadar makul olabiliyorsun? Ne yapıyorsun ve ne kadar kolay yapıyorsun tüm bunları hâlâ? Neyle uyuşturuyorsun beni?

...

Yanımda olmadığın zaman kalbimi acıtan ve adına acı demekten başka bir seçenek bulamadığım, ancak neyle savaştığımı halen bilemediğim bu acıyı em ne olur. Bu kalabalığından beni al. İçimden ışık hızıyla fışkırdığı halde duvarlarıma çarpa çarpa bana geri dönerek içimi boğan bu sıkıntıyı süz en azından. Sadece ikimiz kalalım. Başkalarından peydahladığın kederi bana yüklemekten vazgeç artık. Asıl onlardan midem bulanıyor benim. Saf halinin zehri şimdiye kadar tattığım bütün güzel lezzetlerin hepsinden daha hoş, anlıyor musun? Ama sadece sen... Sadece sana ait olanları bırak bana. Başka her şeyi yak.

...

Gidelim mi artık? Konuşmayacaksın nasılsa. Ya da önce pencereden bakayım biraz sana. Sonra dışarı çıkarım. Hep peşinden gelirim, bilirsin. Hem yağmur yağar belki. Yağmur yağarsa defalarca kez infilak ettirip parçalarını yalnızca bana sapladığın geçmişinin izlerini yağmurlarla bedenimden temizleyebilirim, ne dersin? Üstüne bir de saf zehrini dudaklarından enjekte et bana. Damarlarımın içinde koşuşan çocuklar diye kabul ederim hepsini. İrdelemem. Öp beni! Dehşetin manifestosu sayılsın yağmurda beni öpüşün ve herkes bundan böyle en az bir defa sevdiğini öpsün yağmurun altında.

...

Sahi, öper misin son defa beni? Peşinden gelsem

yine... Yağmurun altında. Ayaklarımız çıplak. Omuz çukurlarından sular taşarken. Sadece sen. Başkalarından peydahladığın ve bedelini daima bana ödettiğin kederin olmadan. Sahiden... Son defa.

Şimdiye kadar hep yalnız yürüdüysen ve samimiyetle kimse yanında durmadıysa, "Bütün varlığımla seninleyim" diyen birine rastlayınca ister istemez kalbini korkarak yokluyor insan.

Yaran varsa onunla gel bana, yokmuş gibi yapma. Utanılacak bir şey değil bu. Hem ne olursa olsun, her yaranın sahibi bir gün ortaya çıkar nasılsa. Ben mesela, sekiz yıldır kullandığım parfümü değiştirmiyorum. Sekiz yıldır aynı yerden alıyorum aynı kokuyu. Çok defa "Bu yeni ve çok güzel; bu aralar da çok moda, bilmem kim kullanıyor, sen de değiştir artık" diye ısrar ettiler ama dönüp bakmadım bile. Çünkü bazı şeylerin başlangıcı bir başkası ile olsa bile neticede artık senindir o. Bir şeyler hatırlatıyor ve çok canımı acıtıyor diye vazgeçmezsin. Çünkü insan gerisine bakıp "Her şey tamamen enkazdı, çok kötüydü, bir an bile mutlu olmadım" diyemez, dememeli. En basitinden bir şey çekmiştir seni ona. Hatta itmiştir tam merkezine doğru. Bu yüzden sen de pişman olma geçmişinden. Çıplak ol bana karşı. Şaşırma; çıplak olmak demek kıyafetlerle alakalı değildir her zaman. Her şeyden önce karşısındakine dürüst olmalı insan. Budur işte gerçek manada çıplaklık ve esasında utanılmayacak olan da budur. Bana ne senin etinden? Ne yaşadığından bana ne? Beni çok mu temiz sanıyorsun? Değilim, yanılma hakkımda. Biraz daha kaybolmayayım diye uğraşıyorum sadece. Artık bir yerde durayım istiyorum. Lanet hayatımı delik deşik etme. "Yeri geldiğinde kendim anlatırım" diyorum. Sen de kendin anlatacaksın. Daha evvel birine bir çiçek ismiyle seslendiysem bunu saklamam senden ve nergisi niçin bu kadar sevdiğimi anlarsın o zaman. Kalbimin yanından bile geçemeyip kendini yanımda sananlardan olma. Bekle biraz, bir şarkı vereceğim sana. Kokunu bir çiçeğe benzeteceğim belki de... Belki de hiçbiri olmayacak tüm bunların. Bitecek kısa bir zaman sonra. Sakın, birinin gölgesi altında kaldığını sanıp kendini benim gözümde küçültme. Çünkü ben hiçbir zaman oyunbozanlık etmedim. Birinin yerine bir başkasını koymadım ve bir başkasının yerine de göz dikmedim. Şimdi ya sana sığarım ya da dönerim kendime tekrar. Durduk yerde beni yola düşürme. Giderim!

Sızıntı

Bazen müthiş bir açmazın içinde hissediyorum kendimi. Bütün kapılar kapanıyor yüzüme. Küstahlaşıyor her şey. İnan bana, kendi ellerimi bile düşman olarak görüyorum o an. Dokunamıyorum kimseye. Bütün şehvetim ve isteğimle nefret ediyorum her şeyden. Bir şeyleri kırıp dökmek istiyorum. Hatta her şey son bulsun istiyorum benimle beraber. Beni yaşatmayan şeylerin de yaşamaya hakkı olmadığına inanıyorum.

Fakat çok uzun sürmüyor bu. Çünkü bu kızgınlığın, içimde daha fazla büyümesini istemiyorum ve sakinleşmek için elimi kalbime koyup göğe bakıyorum. Niye acıyor ve neyi arıyor; bunu anlamaya çalışıyorum. Ve aslında koşup gitmeyi istemek bir yere ve orada susup kalmak çıt bile çıkarmadan, biraz rahat nefes almak, aldığım nefes soluk borumdan çıkmaya çalışırken izin vermek ona ve nefesimi ısırmamak, sıkmamak dişlerimi farkında olmadan ve çok doğal bir hadiseymiş gibi uzatmak ayağımı bir başka ayağın yanına, ayaklarımın yanından kuş sürülerinin geçmesi o an, kanatlarının çarpması ayak bileklerime ve irkilmek saç diplerime kadar, bir şarkı dinlemek hemen peşinden; hüzünlü, kırılmış ama artık eskisi gibi acıtmayan, huzur veren birinin kokusuna bin tane kelebek bırakmak -kalsın o kelebekler orada- ve belki kelebeklerin üçünün ya da beşinin ölmesine dahi üzülmemek, bir derinin altına adımın baş harflerini kazıdığım ipek bir mendil bırakmak, ağzıma benzeyen ağzının içine girip saklanmanın tek yolu bu diye öpmek, –bu sen misin bilmiyorum.- orada, kendime ait izleri bulup bacaklarımı karnıma olabildiğince çekerek uyumak, uyurken ağlamak, sakinleşmek, şimdiye kadar kaçırdığım bütün otobüslerin kapıma kadar gelip beni istediğim yere götüreceklerini söylemesi... Bunları istiyorum.

Bu sen misin?

İçinde kuşların gözü kapalı uçtuğu kitapların hepsinde anlatılan, sen misin?

Sarılmak için yere konmanı beklemesem? Çünkü yüzüne yeni bir mezar kazmaya gelmedim; zaten yüzüne kendi cesedini gömmüşsün. Sığarız ama oraya beraber. Çünkü birini seversen genişleme içinde olur, dışarıda kalanlar aynısı gibi sanırlar bizi, saklanırız, kanındaki antikorlara kadar bağırırım seni sevdiğimi, bir gün bitince sanki bir yüz yıl daha geçmiş gibi olmaz artık, sıkılmayız, saymayız günleri, buzdolabından peyniri alırken ellerin titremez, sarılırım sana. Bin tane kelebek gelip sesine konuyor sen konuşurken, susma diyorum, ayaklarımın yanına ayaklarını uzatırsan kuş sürüleri geçecek yanımızdan diyorum, susma, susma, susma...

Bedel

Yeryüzüne inen ilk ayet kayboldu.
İlk insan öldü.
İlk su kalmıştır belki.
İlk cinayet hatırlanıyor.
İlk cinayet devam ediyor hala.
Bugün paramparça edilmiş bir aynaya yazı yazan bir çocuk gördüm:
"Kadınlar sesten hızlı ağlar" diyordu.
Ölürken insanın aklına gelen ilk şey yaşadıkları olmalı aslında, yaşamak istedikleri olmalı. Yani en azından benim için böyle bu. Şimdi ölecek olsam kesinlikle geçmişi düşünmem. Zaten yeterince zaman kaybetmişim. Hem kendi filmimi istediğim gibi oynamak varken neden son sahneleri değerimi hiç bilmeyen insanlarla doldurayım? Alırım film şeridini, içine 67 model bir Mustang ya da Dodge Charger koyarım mesela. Siyah. Arka tekerlekleri hayvan gibi büyük. Arabada öyle teknoloji zırvası mp3 çalan muhteşem bir cd çalar yok. Klasik, iki düğmeli bir teyp. Motor sesiyle egzost sesi deli gibi karışıyor birbirine, sevişiyorlar resmen. Yanımda da hayalimdeki sevgili. Gözlerini benden ayırmıyor ve konuşayım

diye ağzımın içine bakıyor. Bende de canımı sıkarsan seni terk ederim havaları... Yani mecbur bana. Ben giderim ama o gidemez. Çünkü ben koydum onu filmin içine. Rolünü ben verdim.

Tuhaf biriyim sanırım. Mesela bu yazdıklarımı banyo yaparken düşündüm. Aklım hep olmaz yerlerde çalışıyor. Bu yüzden çok kez düşündüklerimi unutmayayım diye en çok sevdiğim şey olan suyun altında kımıldamadan kalma lüksümden bile uzak kaldım ve banyo yapma işini yarıda bırakıp çıktım. Çünkü fikirler de tuhaftır. Anılar insanda kalabilir ama bazı fikirler bir kez gelir ve giderler. Keşke bazı anılar da öyle olsa, değil mi?

Zaten bir insanın oturup bir icat çıkarmış olma durumuna da hiçbir zaman akıl sır erdiremedim. Planlar yapıp insan nasıl olur da bir şey bulur. Bu işin olur tarafı alakasız yerlerde cereyan etmesidir. Tembelken mesela. Ya da aylak aylak dolaşırken. Masanın başına geçip acaba bu gün ne icat etsem diye düşünmek saçma bir şey. Hani insanlığın bilmem neresine koyayım, bana ne? Bu yüzden insanoğlunun en samimi buluşu bence Newton'un yer çekimini icat ettiği an. İcat etmek değilse de durumun farkına varması. Anlatılanlar doğruysa daldan elma düşüyor ve adam ha*iktir, yer çekimi var lan diyor. Arşimet de bu konuda hiç fena değil. Düşünsenize; hamamdasın, zevk-i sefa içindesin, belki yanında muhteşem kadınlar var ve gününü gün ediyorsun. Tam bu arada gözün suyun üstündeki hamam tasına çarpıyor ve durun bir oğlum, suyun yaptığına bakın, tası nasıl da kaldırıyor, diyorsun. Budur işte olayın güzelliği.

Bakın şimdi konuyu nereye getireceğim. Bazıları acı çeken insanlara daha çok ilgi duyarlar ve onları herkesten daha çok sevip daha özel bir ilgi gösterirler. Bu, vicdanlarının yüce olmasından değildir aslında. Kendileri de o kadar çok acı çekmişlerdir ki, başka birinin de o durumda olmasını içten içe hoşnutlukla karşılarlar ve böylece dünyada yalnız olmadıklarının en büyük fiziksel kanıtını bulmuş olurlar. Bu tür insanlar gidip pet shoptan kedi köpek almazlar. Bir hayvan barınağına giderler ve nerede en bakımsızı, en çelimsizi varsa onu seçerler. Hem biraz olsun kendilerine benziyordur hem de o hayvana olağan üstü bir ilgi gösterip diğer hayvanlar gibi sağlıklı olmasını sağlayarak her şeylerini kaybettikleri, hiçe sayıldıkları dünyada bir işe yaramanın gururunu yaşarlar. Aslında bu olay dışlandıkları toplumda kimsenin önemsemediği ve kendilerince kazandıklarını sandıkları küçük bir zaferden ibarettir, hepsi bu.

Ve acılar saçmadır, biraz da gülünç. Çünkü çok büyük bir şeyi kaybedersen onun acısına daha rahat alışabilirsin. Elbette ilk başlarda koca bir oyuk gibi insanın içinde büyür. Ama zamanla kendini teskin etmeye başlarsın. Mesela şunu dersin: "Öyle iyiydi ki zaten bu dünyadaki kedere dayanıp daha fazla kalması olanaksızdı. Öyle güzeldi ki beni sevmesine zaten şaşırmıştım. Öyle güzel günler yaşadık ki neticede her güzel şeyin bir sonu vardı."

Ama kaybettiğimiz küçük şeyler insanın canına okuyor. Resmen piç gibi ortada kalmış hissine kapılıyorsun.

İlkokuldayken öğretmenim kurşun kalemimi kaybetmişti. Kıyamet kopmuş gibiydi benim için. O yaşta bir çocuk kıyametin ne olduğunu nereden mi bilsin? Çok sessizdim küçükken. Zaten sessizlik her şeyi öldürür, oradan biliyorum. Bir düşünün; dünya kurulduğundan beri kaç milyar insan geldiyse hepsi o gün toplanacak. Herkes orada. Annen, baban, dayın, yengen, çocukların, camını top oynarken kırıp kaçtığın bakkal İsmet Amca, şöyle göz kenarıyla değil, bilerek ve isteyerek kalçalarına çok sağlam bakış attığın ve adını bilmediğin kadın ve daha nicesi bön bön ses etmeden bekleşiyorsunuz. Herkesin aklında ben haklıydım, bak şimdi görürsün adalet yerini bulacak düşünceleri. Dünyadayken yaptıkları vefasızlıkları bir kenara bırakın orada da değişen bir şey yok yani. Herkes bencilliğin zirvesini yaşayacak. Nasıl olsa da paçayı yırtsak, bu işte...

Netice olarak kıyamet, bir çeşit okuldaki sıra dayağı gibi sanırım. Akıllı uslu olanlar sıra dayağından geçmeyecek ama isyankâr olanların vay haline. Zaten ortada büyüklüğünü tasavvur bile edemediğimiz muhteşem bir güç var. İstediğini orada anında kül edebilir. Yani korku var, saygı var. Bunlar da sessizlik getirir. Bu şey işte, askerlikten örnek vereceğim bu kez de; Tugay Komutanı gelmiş denetleme yapıyor. Herkesi içtima alanına toplamış, yüzlerce asker. Sıkıysa yaprak kımıldasın. Sıkıysa elbiseni düzelt. Bu da korkudur. Ne demiştim? Korku sessizliği getirir.

Neyse... Olayın nasıl olduğunu, öğretmenimin benim kalemime niye tenezzül ettiğini hatırlamıyorum. Öyle üzülmüştüm ki, kadın daha fazla dayanamayıp kendi tükenmez kalemini bana vermişti. Çok güzel bir kalemdi.

Sınıftaki bütün arkadaşlarım kalemi merakla incelemişlerdi ama benim ilgimi çekmiyordu. Çünkü benim kurşun kalemim kaybolmuştu. Şu an elimde duran harika şey bana ait olamayacak kadar güzeldi. Kaliteliydi fakat ben resmen kıçı kırık kurşun kalemimi özlüyordum.

Ve bir gün öğretmenimin bana verdiği tükenmez kalemi kaybettim. Hiç üzülmüyordum. Hatta içim ferahlamıştı. Belki de arkadaşlarımdan biri onu çalmıştı. Ne olduğu hiç önemli değildi. Pis bir intikam hissinin rahatlığı kaplamıştı içimi. O, bana ait değildi zaten. Elime yakışmıyordu. Asıl mesele bunlar da değildi zaten. İntikamdı bu. Ucuz ama bana ait olan bir şeyin karşılığında kaliteli ama bana ait olmayan bir şeyi kaybetmiştim. Bu çok güzeldi... Hayatımın ilk ve son intikamıydı.

Sonra çok bedeller ödedim. Bana ait olan birçok şeyi aldılar ama yerine hiçbir şey vermediler. Televizyonu açıp bir güzel battaniyeyi üstüme örttüğümde bile çok defa kumandayı yanıma almayı unuttum ve karşımda duran kumandaya küfrettim. Gurur yapıp yerimden de kalkmadım, kumanda ayağıma gelsin istedim ama gelmedi. Ben de mecburen aynı kanalın reklamlarını bile izledim. Kim kazandı? Elbette kumanda.

Gücüm kendimden başkasına yetmedi yani. Sütü döktüm, yumurtayı kırdım, birini döveceğim derken kendi parmağımı kırdım. Böylece başka intikamlar alamadım. Ha, bu arada, "İntikam soğuk yenen bir yemektir" diyen kimse bir halt bilmiyor ayrıca. İntikam için bile fırsat lazım insana. Elinde bir şey olması lazım... Yoktu bende. Hiç de olmadı... Peki, olsaydı yapabilir miydim?

Sır

Kusana kadar susmak istiyorum. Kendi sesimi ve senin sesini unutana kadar ve hatta tüm sesleri unutana kadar susmak istiyorum. Çünkü susmazsam bütün ömrüm boyunca herkesten sakladığım, ortaya çıkarmaya lüzum görmediğim öfkemin ve kinimin, yine tüm ömrüm boyunca herkesten esirgeyip de sana layık gördüğüm sevgimin boyunu çoktan aştığını; kötü hatırlanacağını, hiçbir maskenin insanın yüzünü bütünüyle örtmeye yetmediğini; anlatmak isteyip de vazgeçtiğim her şeyin seni diğer insanlar önünde küçük düşüreceğini ve esasında bunun seni değil de beni yaralayacağını bildiğim için susmak istiyorum.

Opera

Lafı sözü dinlenir abilerin zamanına yetişemedik. Mecburen ya oturup izdivaç programı izliyoruz ya da saçma sapan bir dizinin başında alıyoruz soluğu. Biliyorsun, "Ben sana demiştim" demeyi pek sevmiyorum ama "Tüm bu saçma işleri yapacağımıza aynı renk eşofmanları çekip kimseye aldırmadan parkta salıncağın başına geçer ve sıra kavgası yaparız, arada da dudaklarından öperim" demiştim.

Ne oldu şimdi? Oturup bir paket sigarayı bitirdim gecenin daha başında... Annem görseydi "İyi bok yedin" der bir kenara çekilir ve ben de "Olmuyor anne; yıllardır geçemiyorum bu sessizliği" deyip bir güzel başımı onun dizlerine koyardım. Ama annem affetsin, boyumdan daha yüksek yerden bir giyotin başımı kesecek olsa bile senin dizlerini tercih ederdim inan... Hem muhtemelen sen de görsen tıpkı annem gibi "İyi bok yedin, içme şu zıkkımı" derdin, kızardın bana ama giyotinden dönme dizlerine yine de başımı koyup ciğerlerim infilak edene kadar ve tek seferde tüm kokunu çekerdim içime. Bilirsin, bir anneme, bir de sana kızmam bana böyle konuşulunca. Ama başkası olsa ağzıma geleni söyler ve kin tutarım ömrüm boyunca!

Ne oldu şimdi? Gözüm yeni sigara paketinde ve kulağımda vazgeçemediğim o şiir yankılanıyor boyuna... Duyuyor musun sen de? "Upuzun bir kış başlıyor sevgilim, iyi bak kendine" diyor Murathan... "Ayrılığımızın kışı başlıyor. Giriyoruz kara ve soğuk bir mevsime..." [1]

İyi bak kendine.

---

[1] Murathan Mungan/Yalnız Bir Opera

Olmuyor. Sevmek her şey demek değil çünkü. Sevmek, insanın kalbini tamir etmiyor. O yaranın niye olduğunu unutmak mümkün değilmiş.

Doğru zamanda doğru yerde olmayı öğrenemedim bir türlü. Denk gelmiyor belki de. Bakkalda en sona kalan yanmış ekmeğin burukluğu var içimde. O kadar yalnız hissediyorum kendimi, o kadar itilmiş... Bu tahammülsüzlüğüm, bu hırçınlığım, herkesle arama koyduğum bu mesafe birdenbire olmadı yani. Çok istedim birine güvenip gözüm kapalı yürümeyi. (Bakın; gözüm diyorum, gözlerim demiyorum. Çünkü her ikisini de kapatmak tam bir delilik olurdu. O kadar güvenmek var mı bu hayatta?) Bu yüzden yaşadığımız zamanın dışında hayaller kurdum hep. Büsbütün masum olduğumu da iddia etmiyorum. Lakin sesine kadar kirlenmiş insanların sesime değmesine izin vermemiştim en azından. Susmam bundandı karşında. Korkuyordum. Bunun içindi yanındayken bile uzaklara gidişim. Bunun içindi anlatmaktan çekindiğim ve hatırladıkça beni kanatan hayatımı senden saklama sebebim.

Olmadı fakat. Seninleyken bile hissettiğim anlamsız sızı geçmedi bir türlü. Küstüysem, yine kapandıysam içime ve kapattıysam bütün kapıları; hiçbir yerde nefes alamadığım içindi. Yorulmuştum. Güçsüzdüm. Ödediğim bedellerin, yaşadığım yanılgıların bana bıraktığı izleri izah etmem bile mümkün değil artık. İnan hiç böyle vazgeçmemiştim. İnan hiç bu kadar yalnız kalmamıştım. Çünkü yalnızlık sevgilim, kendinden bildiğin ancak bir başkasına dönüşen insanın yanında daha fena oluyor. Beni affet; sana sarılabileceğimi sanmıştım.

BAZILARI UZAKTAN SEVER *Halis Karabenli*

Aynı günü tekrar yaşar, aynı sözleri yine duyar, aynı yolları yine yürürsünüz ama bir türlü vazgeçemezsiniz. Bazı hatalar birkaç kez yapılmaya çok müsaittir çünkü.

> *Artık sana ait olmasa ve hatta git dese bile kokusunu öğrendiğin birinin kalbinden çıkmak hiç kolay olmuyor. Yolunu kaybetmek bu işte...*

Zamanın ağzından gösterişli bir şelale gibi akıyor ölüm. Onun bu daveti senin sesinden içeri girdiğim çiçekli bahçelerden daha muteber değil ama elimdeki kanı temizleyecek başka bir şey de icat edilmedi henüz. Üstüme kapanıp her gün yirmi dört kez gövdemi toprağa iten bu gök şahit; bir pazartesi sabahı yanında uyanabilmek için annesiz kalmış bütün çocukların göğsüme uzanıp yüzümden süt emmesine ses etmezdim. Şüphe duyma! Geçmişle ilgili bir soru daha soracaksan şayet bana, bunca boş şehir varken ev sahibimmiş gibi beni kendimden çıkarmaya çalışan bu ağrıya, boğazımı sıkıp paslı bir çiviyle kanırtarak adını benden almaya çalışan bu seslere, neyi unutamadığımı ya da neyi hatırlamak istemediğimi onlardan saklamak için neden böyle keskin bir iradeyle direndiğimi sor.

Mümkün olsaydı şayet; ikimizin de daha fazla kaybolmasına mani olmak için iyice daraltırdım seni. Ve bir yok oluşa giden başlangıca her defasında geri dönmeye deli gibi çaba sarf etmek niçin hala bu kadar cazip geliyor sanıyorsun? Evimin duvarları, ilk sevişmesinde kadının ayağını öpen toy bir adamın es kaza doğru hamlesini memnuniyetle izleyen o kadının, çığlıklarını duvarlara serpiştirip bir dahaki buluşmayı sabırsızca beklemesi gibi heyecanla bekliyor seni. Şu yüzümden aşağı akan irin, sana sarılmayınca durmayacak. Ya beni öp ya da başka bir seçenek sun ki dursun bu sızıntı. Sesinin ilahi tınısına her şeylerini kurban edeceklerini iddia eden o sahte peygamberler, ağzının içine tüneyen kuşların dilini bilmedikleri gibi, buldukları ilk fırsatta da öldürürler onları, iyice belle bunu. Dur artık, ağrına bak! Gittiğin bu yol, ikimizi de başkalarına götürecek çok sürmeden.

Kim ne yaparsa yapsın, bir kez daha canınız acıdığında, ilk nerede canınızın acıdığına dönüp bakıyorsunuz ister istemez.

"Bu hayatta göze alamadığın şey ne?" diye sorsalar, her şeye yeniden başlamak demem buna: Her defasında aynı şeyleri anlatıp birini tanımaya çalışmak takati kalmadı bende.

İçim bile konuşmaz benimle. Şık giyimli, güzel sesli, havalı züppenin tekidir. Ne vakit yorgun olsam bana karşı dili çözülür ama o zaman da konuşmaya iyi başlasa bile mutlaka küfürle bitirir. "Ben adam olmazmışım, benim yüzümden o da yalnız kalıyormuş, ölsem, cenazeme bile gelmeyip kurtuldum nihayet diye uzaktan izleyecekmiş" falan...

Bana en son seni seviyorum diyene bunları söylemiş ve daha iyi anlasın diye de "Sevmek ve bir yere ait olmak hissi benim gibi insanları korkutur. Böyle biriyim işte ben, neyimi merak ediyorsun?" demiştim.

Arkasına bile bakmadan gitti elbette. Onun yerinde ben olsam ben de kalmazdım. Yani gitmesine şaşırmadım ama ne yalan söyleyeyim, yine de inceden inceye burkuldu içim.

Aslında... Belki de...

Niçin ve nasıllı zamanlarda yaşamaktan usandım zaten. Hep sorular, hep umut verici konuşmalar duyuyordum fakat hiçbiri gerçek gibi gözükmüyordu bana. İnanmıyordum. Her şeye ve herkese karşı doğuştan öfkeliydim sanki. Yaşamak için kavga etmekten başka çarem yoktu. Hissettiğim bu şeyleri güçlendiren ve benim gibi olan bir sürü insan tanıdım elbette. Böyle düşünme sebebimin birazını da onlara borçluyum. Ama hiçbirimiz tıpa tıp aynı değildik. Dünyaya daha erken gelen kıdemli öfkeli oluyor ve öfkesi yeni palazlanmaya başlayana tepeden bakıyordu. Sonra doğanlar da kendinden bir önce doğanın yerini almak için daha hırçın oluyordu. Galiba aramızdaki tek fark da buydu: Hayat denilen bu pisliğe en önce kimin bulaştığı... Nefretin elde edilmesi ve yukarılarda bir yerde kendine yer bulmak bile kolay bir hadise değildi.

...

Biraz olsun olmadı mı? Hiç mi sevmedim? Oldu elbette. Fakat üstüme yapışıp kalan hayatın lanetlenmiş bu el izi, bir başkasına daha değmesin diye çok defa sever gibi olduğum şeylerden vazgeçtim. Çünkü sararan bir yaprağı yeşile boyamanın kimseye faydası yoktu. Ben de boyumu aşan bir su birikintisi aradım her zaman. Nefesimi suyla değiştirip çok soğuk bir yerde donmak istiyordum. Çünkü olduğumdan daha soğuk görünerek kendimi koruyabilirdim.

...

Sonra bundan da vazgeçtim. Kendi haline bıraktım her şeyi. İçimdeki kuşkuya sarıldım. Her zaman olmasa bile çoğu zaman kimseye güvenmemek konusunda haklı çıktım. Ve aslında böyle seyrek bir güven duygusu içinde beni gerçekten seven ve sevgisini gözden kaçırdığım her şeyin kaybı bende daha büyük izler bıraktı. Çünkü nadiren karşılaştığınız iyi şeylerin bir daha tekrarlanması pek güçtür. Bunları önemsemeyecek kadar öyle diri ve kararlıydı öfkem işte... Hak verdim öfkeme. Çünkü bu da bir çeşit kendimi koruma yöntemiydi. Ben sevilmem zaten, kimseyi de sevemem dedim. Haklıydım. Çünkü sararan bir yaprağı yeşile boyamanın kimseye faydası yoktu. Çünkü ben çoktan... Çünkü ben en baştan...

Ağır bir yenilginin tekrarı olur sesini yeniden duymak. Bazı şeyleri bittiği yerde bırakmak en iyisi...

Bırakın tamamen bitmesini, bir şey bitmeye yüz tuttuğunda bile ondan hemen vazgeçebilirdim önceden. Mesela hiçbir zaman diş macununun tüpünü olanca gücüyle sıkıp içindeki son zerreye kadar peşine düşen ya da çorabın iyice yırtılmasını bekleyip her giydiğimde parmak uçlarında meydana gelen eskimeyi sabırla ve korkuyla izleyen biri de olmadım. Macun azaldıysa attım. Çorabın ucu yıpranmaya başladıysa daha parmağımın etini inceden göstermesine müsaade etmeden ondan çabucak kurtuldum. Etrafımdaki insanlar için de durum böyleydi: Hiçbir zaman kimseye ikinci şans vermedim. Hiçbir zaman, esasında geçerli bir bahanesi olanı bile sonuna kadar dinlemedim. Haklıydılar. Haklarıyla gönderdim onları; benden, kendi hür iradeleriyle gitmelerine izin vermedim. Böylece görünüşte hep kazanan ben oldum; yavaş yavaş eksildiğime aldırmadım!

Aslında bu, korkularımın su yüzüne çıkmasını istemiyor olmamdan başka bir şey değildi. Çok korktum! Gitmelerden, tükenmelerden hep çok korktum. Belirgin bir şey kaybetmemiş olmamama rağmen çok korktum.

İçimi saran o ince buğu... Karanlık mı aydınlığı öldürüyor, yoksa aydınlık mı karanlığı? Ya da ayrılık mıdır ikisinin de yaşadıkları? Masanın üstünden kendi bedenlerine isteksizce ve tüm şehvetlerini yine masanın üstüne bırakarak kendilerine doğru çekilen iki el gibi; parmaklarımız son kez birbirlerine değip de o devasa ateşin sönüp buz kesmesini izledim o gün. İlk defa bir şey benden gidiyordu. İlk defa güçsüzdüm senin karşında. Kulakları sağır edercesine yüksek sesle müzik çalan o basgitarcı solistle göz göze gelmiştim bir an; ellerimiz birbirimizden uzaklaştıkça tellere daha bir heyecan ve iştahla değdiriyordu o uzun ve çirkin tırnaklarını. İç içe girmiş saçlarını bir öne, bir arkaya savuruyordu kendinden geçerek. İlk defa yenildiğimi anlamış gibi bizim şarkılarımızı peş peşe çalıyordu biz istemeden. "Son kez dinleyin de gidin" der gibi pis pis gülüyordu adeta bana. Sadece o değil; etrafımızdaki garsonlar bile tüm masaları bırakıp bizi izlemişlerdi sanki. Bir yudum dahi almadan masada öylece bıraktığımız o büyük bardaktaki içki dahi sonsuz bir düzlükmüş gibi kendinden emin bize yol gösteriyordu acımasızca. Tüm intikamlar bir araya gelmiş ve hak sahiplerinin bile peşine düşmeyi bıraktıkları, umutlarını kestikleri hakları tek tek benden istiyor gibiydiler.

...

"Daha önce karşılaştığım bir acıya çok benziyorsun. Acı çekmek kim için ne anlama geliyorsa, hepsini tattığımı sanırdım sana rastlayana kadar. Fakat daha derinini gördüm sende. Hayretle nasıl bu kadar yanılabildiğimi izledim. Bilir misin? Sesini duyduğunda bile bir kadının gözleri doluyorken zamanla bundan mahrum kalıyorsan, bütün sözler tükenmiştir artık. Hiçbir sessizliğin yaşadığı yeri terk ettiğini görmedim ben. Bir şeyin bu kadar bittiğine de şahit olmadım hiç. Canımı bu denli acıtan başka bir şey de yaşamadım! Sondun benim için ve en başta duruyordun bu kadar sonun arasında. Geleceği planlıyordum çünkü içinde olduğumuz ve paylaştığımız her şey güzeldi. Kaygılarımız, körü körüne bağlılıklarımız yoktu bizim de herkes gibi. Çok mu aynı olduk seninle? Yoksa en başından beri aynıydık da saklandık mı ikimiz de? Şimdi etimden kopan şey de ne böyle? Ne zaman kenetlendik biz bu kadar? Peki, bu kadar kenetlendiysek niye duramıyoruz şimdi yan yana? Ölüm de böyle mi yoksa? Cesedin mi canı acıyor yoksa cesetten çıkıp giden ruhun mu?" demiştin kulakları sağır edercesine yüksek sesle müzik çalan o basgitarcı solistle göz göze geldiğimde bir an. Ellerimiz birbirimizden uzaklaştıkça tellere daha bir heyecan ve iştahla değdiriyordu ya hani o uzun ve çirkin tırnaklarını... İç içe girmiş saçlarını bir öne, bir arkaya savuruyordu kendinden geçerek. İlk defa yenildiğimi anlamış gibi bizim şarkılarımızı peş peşe çalıyordu ya biz istemeden. Ama nasıl olur? Seninle de göz göze gelmesi mümkün değildi; sen, sırtını dönmüştün bütün sahneye. Ve bütün sahnenin en belirgin, en seçkin yanıydın hala. Tepemizde yanan kırmızı ışık; perde, dekor... Bu iğrenç ayrılığın bir an önce başlaması için her şey hazırdı ve görevini büyük bir zevkle, ustalıkla yapıyordu. Yan masada oturan o iki genç kadın dâhil; susup, sadece bizi dinlemişlerdi. Kendi dertlerini bir güzel bizimle uyuşturuyorlardı hepsi de... Ne uyuşması? Ne kadar da farklıydılar onlar esasında.

...

"Ne olursa olsun sevgi gerçeklik ister, ispat ister. Sözler yetmez bir müddet sonra. Dokunuşlar körelir, bakışlar incelir ve eskir zaman geçtikçe. Sonsuza kadar seninleyim demek inandırıcı gelmez ve sonsuzda değil ama şimdi nerede olduğunu sorgularsın ister istemez. Beni anlıyor musun, konuşabiliyor muyuz, uğruna savaşacak bir şeyimiz kaldı mı, yeniledik mi birbirimizi?" İşte, bunlar da o gün benim sana diyeceklerimdi; kulakları sağır edercesine yüksek sesle müzik çalan o basgitarcı solistle göz göze geldiğimde bir an. Ellerimiz birbirimizden uzaklaştıkça tellere daha bir heyecan ve iştahla değdiriyordu ya hani o uzun ve çirkin tırnaklarını... İç içe girmiş saçlarını bir öne, bir arkaya savuruyordu kendinden geçerek. İlk defa yenildiğimi anlamış gibi bizim şarkılarımızı peş peşe çalıyordu ya biz istemeden.

...

İçimi saran o ince buğu. O derin kırılış. Beni ilk defa alaşağı edip sözlerimi tüketen, içimden geçenleri kanırtarak söken, beni ilk defa bir şeyin terk etmesini izlemeye mecbur eden, kaybetmenin ne demek olduğunu aklıma kazıyan, yıllar boyu sürecek bir yalnızlığın köklerini içime salan, bulutlu, sıcak, soğuk, kırılgan ve vazgeçmiş sesin...

...

Keşke sana gelene kadar onlarca kez yenilseydim. Bir kere bile kazandığımı düşünmeseydim keşke kimselere karşı. Alışmış olsaydım ve aynı hastalığın zamanı geldiğinde nüksedeceğini bildiğim için bir gün mutlaka ama mutlaka bunun olacağına kendimi hazırlayabilseydim keşke. Susmak yerine en azından "Ne olursa olsun sevgi gerçeklik ister, ispat ister" diyerek, senin de içine biraz olsun şüphe salıp bu büyük oyunun kaybedenlerinin esasında ikimiz olduğunu; bunca zaman sapa sağlam durmuş olmamın beni kurtarmaya yetmediğini ve bundan sonra sana da fayda etmeyeceğini; sen gitmeden önce de seni çok özlediğimi, çoğu zaman seni kendimde bulamadığımı; yani benden çok önceleri gittiğini sana söyleyebilseydim keşke.

Kulakları sağır edercesine yüksek sesle müzik çalan o basgitarcı solistle göz göze geldiğimde bir an; ellerimiz birbirimizden uzaklaştıkça tellere daha bir heyecan ve iştahla değdiriyordu ya hani o uzun ve çirkin tırnaklarını... İç içe girmiş saçlarını bir öne, bir arkaya savuruyordu kendinden geçerek. İlk defa yenildiğimi anlamış gibi bizim şarkılarımızı peş peşe çalıyordu ya biz istemeden... Neredesin? Hatırlıyor musun sen de tüm bu olanları?

Vazgeçmeyi öğrendikten sonra insanlar hayretle bakıyor nasıl bu kadar kolay silip atıyorsun diye... Hiç kolay olmadı inanın bu. Ama "senden vazgeçmem" diyenlerin bir çırpıda yeni bir hayata başladığını görünce başka bir seçenek kalmadı bana, öğrendim vazgeçmeyi. Benim gibi insanların şarkıları olmaz. *Benim gibi insanlar hayal kurmaz. Benim gibi insanların yarası nefes almaz. Benim gibi insanlar bırakıp giderken ardına bakmaz.* Gecesi de aynıdır, gündüzü de.

Bir fotoğrafa bakıp "Geçen sene bu zamanlar" diyorum. Herkes bir fotoğrafa bakar böyle. Zamana bakar. Bitene bakar. Özledim diyemeden bakar.

"Bizi birbirimizden ayıran devasa bir şeyin arasında kaldık. Eskisi gibi olmuyor hiçbir şey!" demiştin bana. Eskisi ne, olmayan ne? diye sormamıştım. Çünkü gereği yoktu. Bir şey eskisi gibi olamazdı zaten. Ya daha iyi olurdu, ya da en başından daha kötü. Ses tonun da daha iyi olmadığını apaçık belli ediyordu. Aslında ses tonuna gelene kadar bakışların ve bana olan uzaklığın bunları söylemişlerdi. Sadece, ikimizden birinin adım atması gerekiyordu ve bunu senden bekliyordum. Korkuyordum fakat bitmeliydi. Ya da çok önceden biten şeye, artık ikimizden birinin isim koyması gerekiyordu. Tek istediğim, "Anlaşamıyoruz artık, seni hak etmiyorum, sen daha iyisine layıksın!" gibi, saçma birtakım cümlelerin bizim aramıza da girmemesiydi.

Aslında bittiğini kabul etmek ve bunu uygun cümlelerle birbirimize itiraf etmek, biten bir şeyin onurunu kurtarmaktan başka bir işe yaramazdı. İki kişi arasında bir şey bittiği zaman, en çok yarayı biten şey almıyor. Çünkü en basitinden bir elma çürüyüp dalından yere düşse, burada elmanın canı acıyabilirdi. Ağacın ne kadar umurunda olur sanıyorsun? Fakat biz, birdik. Ağaç da, meyvesi de bizdik. Aramızdaki şey bittiği zaman da doğal olarak ikimiz yaralanacaktık. Tüm mesele onuru kurtarmaksa, arkamıza bile bakmadan o kahvecinin önünde ayrı yönlere gittiğimiz zaman, bizden başka her şeyin "onuru kurtuldu." Yaşadıklarımızı akladık ve "güya pişman olmayıp" son defa sarıldık birbirimize, hiç konuşmadan.

Ne kötü, ne iğrenç ve yalan bir durumdu oysa bu. Gözlerime bakmıyordun fakat bakmama sebebin kesinlikle "her şey çabucak bitsin, bu son adımı da kazasız belasız atalım" değildi. Ben de karşından çok dirayetli duruyor ama ayakta kalabilmek için ne çok çaba sarf ettiğimi saklıyordum sadece. Eğer tek bir söz dahi etseydin, "Gitme!" diye sarılacaktım; "Hoşça kal!" diye değil.

Fakat susmayı tercih ettik biz. Bir şeylerin onurunu kurtaralım derken kendimize açtığımız yaranın farkına varamadık. Bu da geçecek sanıyorduk. Ya da dayanamayıp, iki gün sonra tekrar burada bir araya gelecekmiş gibi, ne kadar ciddi bir durum içinde olduğumuzu anlayamamıştık.

Keşke konuşsaydın. Keşke konuşsaydım. Keşke sana son defa sarılırken yanımızdan geçen herkes bize "Durun, ne yapıyorsunuz, delirdiniz mi siz?" deseydi. Keşke sana sarılırken o yağmur yağmasaydı ve aslında ağladığımı görebilseydin. Keşke o an aklımda dönüp duran şarkının canımı ne çok acıttığını bilseydin. Keşke seni bırakmasaydım. "Hiçbir şey zaten eskisi gibi olamıyor!" deyip öyle sarılsaydım sana. "Keşke onurun, gururun hiç önemi yok!" deyip ayaklarımıza dur deseydik.

Keşke Eylül olmasaydı o gün ve yağmasaydı o yağmur. Keşke her Eylül geldiğinde tekrar tekrar gitmeseydin benden. Keşke, o gün yağmur yağmasaydı.

Gitmek desen değil; kalmak desen hiç değil. Nerede bittiğini bildiğim yollarda yürüdüm hep.

    Bir şeylerin değişebileceğini umut edecek kadar delirmiştim bir zamanlar. Ama şimdi iyiyim, aklım yerinde. Yaşadığım her yanılgı ve hayal kırıklığı beni bu delilikten uzaklaştırdı çünkü. Bırakıp gitmeyi, vazgeçmeyi, insanlara pek fazla anlam yüklememek gerektiğini ve aldırmamayı öğrendim. Nankörlükle, edepsizlikle başlayan şeylerin öyle devam ettiğini; ne verirsen ver kimsenin yetinmediğini, bin parçaya ayrılsan bile ellerindeki o koca balyozla zerre acımadan yaşayan son parçanızı unufak edebilecek kadar vicdansız ve merhamet yoksunu olduklarını iyi belledim.

    Yürüdüğüm o sokaklarda, uçsuz bucaksız gibi gözüken göğün altında yapayalnız ve sessiz kaldığım zamanlardaki huzuru hiçbir şeyde bulamıyorum artık. Dağıldım, yıkıldım ve yenildim; bunu kabul ediyorum. Mücadele etmekten vazgeçme sebebim gücümün olmadığından ya da korktuğum için değil; asla yanlış anlamayın beni. Çünkü siz böyle mutluydunuz. Çünkü sizin mutluluklarınız benim mutsuzluğumdan beslendi hep. Çünkü ben size benzemek istemiyorum. Sizinle aynı silahları, aynı yöntemleri kullanmak bile beni kendimden soğutmaya yeter! Eğer böyle olursa kendime sarılamam ve işte o zaman asıl mağlubiyeti alırım.

Ve kırgın değilim hiçbirinize, bunu da böyle bilin. Fakat yağmurun altında kimseye çarpmadan ve üstümden geçmişim dökülmeden yürümeyi çok özledim. Bastığım yerlere bir daha basmamak ve bastığım yerlerdeki izleri hemen silmek için çaba sarf etmek de ziyadesiyle yordu beni.

İçinde olduğum durumun adını bilemiyorum! Bir şeyler kopuk, kırık. Ucu ucuna getireyim diye kendime asıldıkça kendimi yırtıyor ve sesimi kaybediyorum. Derimin altı acıyor. Etimin içine sıkışmış bir şey var; belki bir çığlık... Dışarı çıkmak isteyen bu şeyin önünde sonunda beni yenmesi ise kaçınılmaz ve mutlak sonum gibi gözüküyor.

Peki, ne yapacağım? Hiçbir şey! Çünkü sizden bana, benden de size fayda gelmez artık. Dokunamıyor, ağlayamıyor, üzülemiyor ve kendime dikkatle bakamıyorum. Yüzümde görecekleri de bana ağır hasarlar verebilir bundan böyle...

Beni kendime bırakın. Yürüdüğüm o sokaklarda, sırtımı öpecek bir yağmur tanesi arıyorum sadece, hepsi bu... Beni bırakın.

İhmal

Sokak köpeklerine selam veren insanlar daha çok dikkatimi çekmeye başladı. Elindeki ekmeği kuşlara atanlar, çiçeklere bakıp gülenler, gözünü gökyüzüne dikip ilk defa güneşi görüyormuş gibi amaçsızca bakanlar; hep bir yalnızlığın ortak paydasında buluşuyorlardı. Etrafından umudunu kesen herkes, zamanla sessizliği sever. Kendi içiyle mutludur. Şimdiye kadar herkesi tanımak için o kadar çok çaba sarf etmiştir ki, aslında kendini ne kadar da ihmal ettiğini fark eder. Fakat bazı şeylere yeniden başlamak için geç kalmış olabileceğini düşünür. "Ayağa kalkmak" dediğimiz şey, aslında insanın kendi içinde doğrulmaya çalışmasından başka bir şey değildir. İnsan, her şeyden önce kendi içinde yaralanır çünkü. Ve dilerim kendi içinde yaralanan insanlar vardır. Yeniden tutunmak için bu, olmazsa olmazıdır insanın. Yarasına ağlayıp, kendi yasını tutmaya başlar insan. Dışarıdan bakan herkes, bir kaybın ardından üzüldüğünü düşünür oysa... Ne kadar yanlış değil mi? İşte: Bunları yaşamayanlar gerçekten bilemezler. Ama bir gün, aynı duruma düşünce, yine aynı ortak paydada buluşurlar birbirleriyle. Ne kadar büyük bir geç kalmışlık bu? Nasıl bir bencillik? Aynısı kendi başına gelene kadar, insanların kendilerinden başkayı kimseyi görmemesi...

Ve bu hayatın, bana öğrettiği tek bir şey var sevgilim: Hiçbir şey için geç kalmıyor insan, korkuyor sadece.

Keşke, bazı şeyleri seninle daha önce konuşabilseydik. Her fırsatta "seni seviyorum" demek yerine, keşke sana mektup yazabilseydim. Sana, seni sevdiğimi daha başka sözlerle anlatabilseydim keşke. Yüzümün kıyılarına ansızın vuran o kadını nasıl birdenbire sevdiğimi daha iyi izah edebilseydim. Sana karşı hissettiklerimin, aklından ve kalbinden hiç çıkmadığını iyi biliyorsun. Ama biz gökyüzünün dağınıklığını konuşurken, ya da sana "Güz geldi, bunun ardı kıştır" dediğim zaman, aslında yine "seni seviyorum" demek istediğimi anlatabilseydim keşke...

Yine ayağa kalktık ama eskisi gibi olmadı hiçbir şey. Sık sık kalbimizi yokladığımızdan belli değil mi bu?

Bir sabah uyandığımda, hiç kımıldamadan tavana baktım. Kımıldayamıyordum daha doğrusu. Az önce gördüğüm kabusun etkisiyle olsa gerek, bedenimi hissedemiyordum. Kaskatı kesilmiştim. Öyle korkuyordum ki, yerimden kalkmam için birinin testereyle beni parçalarıma ayırması gerekiyordu. Rüya gerçeklerin, gerçekler de rüyanın yerini almıştı. Yaşamak da, sevgim de; hepsi ama hepsi bir rüya gibiydi. Bir müddet sonra kendime geldim ve güç bela çarşafı parmaklarımla tutup yatağın üstünde doğruldum. Üzerimdeki yorganı dahi bir kenara itemiyordum. Az ileride, aynanın yanında duran parfüm şişesine ilişti gözüm. Ondan bana kalan tek şeydi. Aslında ondan bana kalmamış, gittiğinin ertesi günü kokusunu özlediğim için almıştım. Zaman zaman yastığıma sıkıyor ve onu yanımda hissetmeye çalışıyordum.

Tam dört yıl olmuş, ondan sonra hayatıma birilerinin girmesine izin vermeye çalışmış fakat bir türlü bunu becerememiştim. Öyle sahte geliyordu ki her şey ve en çok da ben sahteydim ki, yeni geleni onu sevdiğim gibi sevmeye çalışıyor, yüzüne onun yüzünü koyuyor, ellerinde onun ellerini arıyordum. Haliyle bu durum kısa bir süre sonra fark ediliyor ve yine o ağrılı yalnızlığıma çabucak geri dönüyordum. Benden başka herkes çok cesurdu. Kendilerince her şeyi biliyor ve yanılma paylarının varlığını görmek dahi istemiyorlardı. Beni iyi etme çabaları böylece gözümde yenilgiye uğradı.

İçimdeki kızgınlık, kırgınlık, dokunulmasına izin vermediğim tarafımın mağrur duruşu; hep yeni yalnızlıklar getiriyordu bana. Ve kendime göre de ben haklıydım. Bu yalan ve olanlar arasında düşünmek için çok zaman buluyor, sayısız sorunun kafamı devamlı meşgul etmesine engel olamıyordum.

Basit, bir o kadar da karmaşık ve çözümsüz örneklerle, kendimi herkesten farklı görüyor, sonra da kimse tarafından önemsenmeyen, üstü rahatça örtülen meselelerin benim için ne kadar hayati önem arz ettiğini anlıyordum.

Evet, elbette insanlar yaşamadıkları şeyler hakkında hüküm vermek konusunda pek maharetliydiler. "Mesela," diyordum: "Mesela, herkes kendine ne kadar dürüst oluyor?"

Homofobi, hayat kadınlığı, cinsiyet değiştirme ya da diğer aykırı görünen şeyler için, içinde olmadığı durumlarda insanlar ne kadar samimi olabilir? Ya acıda? Ben ne kadar samimiyim? Hiç önemsemeden ya da gıptayla baktıkları durumlar kendi başlarına gelseydi, ne kadar hassas davranabilirlerdi ve bu durumların ne kadarını kabullenebilirlerdi?

Oğlun gelip eşcinsel olduğunu söylese yahut kızın gelip hayat kadını olduğunu itiraf etse ya da kızın "Zevk için adamlarla yatıyorum" dese, kim, bunun ne kadarına anlayış gösterirdi? Çok uçta ve sert örnekler sayılabilir tüm bunlar, haklı olabilirsiniz. Oysa sonucu değiştirmez. Nihayetinde bunlar yaşanıyor ve ayrılığın gerçekliğinden farkı nedir? Hiç... İşte, böyle bir durumdur hayat: Yaşamadığın şeyler için cesur olup, sahte anlayış gösterileri düzenlersin.

Tüm bunları, o parfüm şişesine dikkat kesildiğimde aklıma getirdim tekrar. Bir şeyleri değiştirmeliydim artık. Kendime yok edilecek bir hedef seçmeliydim. Ve bu hedefin kesinlikle masum olmaması gerekiyordu. Sen? Ben? Hangimiz? Veya hayatımıza karışan diğerleri? Yoksa hepimiz mi?

Yıllardır temas ettiğim, sarıldığım rayların üstüne parfüm şişesini koydum ve trenin hızla üstünden geçmesine izin verdim. Onu seçtim... Hayal dünyamda yaşamıştım bunca zaman. Şimdi de hayal dünyamda o trene binmiştim. Büyük bir gürültüyle tren raydan çıktı. Dehşet verici bir kazaya şahit oldum. Etrafımda yaralılar ve ölenler vardı. Sevdiğim insanın kendi can telaşına düşmesini, hayretle izledim. Sarıldığım ray artık yoktu. Ayaklarım kıvılcımlar çıkarırcasına yere basıyordu ve her adımımda üstümden bir parça daha düşüyordu.

İlk düşen de oydu. İlk beni terk eden, arkasına bile bakmadan kaçan oydu yine... Bir kez daha ve son olarak terk etmişti beni. Bir daha bunu yapmasına asla ve asla izin vermeyecektim.

Yerimden kalktım, aynanın önünde duran parfüm şişesini alıp boşluğa sıktım bir kez. Sonra da çöpe attım. Güneş henüz yeni doğmuştu ve yüzüme düşen sıcaklık, bana yeni bir hayatı müjdeliyordu. Bunca sahteliğin arasında, en çok kendimin sahte olduğunu; bu yalancı bekleyişimin, hem onu, hem de beni nasıl da usul usul bitirdiğini sezmiştim.

Bitmişti... Bunu uzatmanın kimseye faydası yoktu. Hayatımın, farkına varmadan geçirdiğim on sekiz yılı, son dört yılından daha uzun değildi. O sabah, diğer sabahlardan farklı değildi. O sabah, diğer sabahlardan daha sıcak ya da soğuk değildi. O sabah, yatağımda sarıldığım yastığım, sıcak ve kokusu olan bir vücut olmadığını anlatmıştı bana.

Bana açılan hiçbir kapının ardından gülen bir yüz değmedi yüzüme. Gözlerine yeni bir dünya bulmuş gibi bakmam bundan.

Bazen tüm mesele çıkıp gidecek bir kapınızın olmamasıdır. Bir evden çıkıp sokağa karışmak bir kapıdan çıkıp gitmek anlamına gelmez: Çünkü üstüne örtülmüştür koca bir dünya. Elinde bin tane anahtar olsa da bir şey değişmez, uymaz hiçbiri hiçbir kapıya, üstelik yük yapar sadece. Sakin bir nefes almak için bile her şeyini verebilirsin o an. Lanet bir el sürekli boğazını sıkar sanki. Aklından birçok isim geçer ve birine anlatayım dersin ama susarsın yine. Annen varsa ona gidersin yüzünde saçma bir gülümsemeyle. Kapı açılır, içeri girersin, dudaklarım titremesin diye kaskatı kesilip hiçbir şey yokmuş gibi "Ne yemek var anne? Çok açım" dersin sadece. Ama annen anlar. Anneler anlar çünkü. Mesele yemek değildir zaten, bilir ama onun elindeki anahtarlar da açmaz hiçbir kapıyı, onu da bilir. Susarsınız beraber. O, doğurduğu acıya çaresizce bakar; siz de acıyı doğuran kadının ne kadar acı çektiğine bakarsınız. Oradan da çıkıp gidesiniz gelir aniden.

Bazen her şeyi bırakıyor insan. Ama bir yere geldiğinde dönüp arkasına son kez bakıyor ve kendime yazık etmişim deyip devam ediyor hayatına.

Gitmene izin verdim çünkü sen de herkes gibi içime göz dikmeye başlamıştın. Yatağıma bile almadığım, adını unuttuğum, aç bıraktığım, eziyet ettiğim, intikam aldığım tarafıma göz dikmiştin. Oysa "Ben senin dününle ilgilenmiyorum, yanımda ol yeter" dediğin daha dün gibi aklımda. Bu sözlerini çabucak unutup, kendini artık olmayan bir şeyle kıyaslamanı da bir türlü unutamıyorum. Cesedimin bile canlanmaktan umudunu kestiği bir zamanda, sen en büyük rakibini kendi nefesinle yeniden dirilttin. Kuşkuların her şeyin önüne geçti birdenbire ve beni de hızla eskiye sürükledin. "Yeniden" dediğim ne varsa, hepsini geçmişin gölgesi haline getirdin. Yine de kızmıyorum sana. Hatta kimi zaman kendimi senin yerine koyduğumda, sana hak veriyorum. Karmakarışığım, karmakarışıktım. Öyle büyük bir aşk yaşamıştım ki ve sana bunları öyle içtenlikle anlatmıştım ki, sanki her şeye tanık olmuş; adeta acımın kaynağında kendini buluvermiştim.

Tüm bunlara rağmen, yakından görmediğim birçok şeyin varlığını seninle keşfetmiş, kalbimi kuşatan sis perdesinden de ağır ağır sıyrılmıştım. Bir solucanın afacan bir çocuk tarafından ikiye bölünmesinden sonra, kendine yeni halkalar eklemesi gibi; kolum, ayaklarım, yüzüm; hepsi ama hepsi yeniden oluşuyordu. Bana bunu vermiştin geldiğin ilk zamanlarda. İyileşiyordum ancak bu kez de sen benim yerimi alıyordun. Bazı birliktelikler hep tehlikelidir çünkü. Saklanmış silahlarla yapılan düellolara benzer atılan her adım. Varlığını tam sarılırken fark ettiğin ve belinde duran bir tabanca gibi. Uykusu hep hafif olan bir kaçağın her şeyden ürkmesi gibi. En ufak bir çıtırtıda uyanıyor ve korkup birbirimize sarılıyorduk. Son defaymış gibi. Son defa konuşuyormuş, son defa gülüyormuş, son defa öpüyormuş gibi tuhaf bir bilinçle hem de.

Sen de hatırlarsın: Önce kendin okuyup ardından bana verdiğin romanda görmüştüm dünyanın adaletsiz bir yer olduğunu. Adam, kadını çok seviyordu, kadın da adamı... Kadının idealleri vardı, inatçıydılar kahramanlar, dik kafalıydılar ve bedenleri herkes tarafından kabul görse de, ruhları fazlasıyla gerçek duruyordu yalanlar arasında. Nihayetinde saçma şeyler için yolları ayrılmış ve ayrı hayatlara sürüklenmişlerdi ikisi de. Mutsuzlardı. Sana söylememiştim ama o zaman çok küfretmiştim adama. "Gerçekten isteseydi, çekip alırdı kadını" demiştim. Evet, bunu yapabilirdi, bir yolunu bulup yapmalıydı da... Bu yüzden bana verdiğin ikinci kitabı yarıda bırakıp sonunu görmek istememiştim. Muhtemelen sonu, sonumuza çok benziyordu ve bu sonun bize biraz daha geç gelmesi için üstünkörü yaşamak gerektiğini sezmiştim.

Gördüğün gibi, "Ben olsaydım öyle yapmazdım; başarabilirim" dediğimiz hiçbir şeyi ikimiz de yapamadık. Öyle değilmiş. Biz, diye bir şey yokmuş. Güçlü olmak, dayanmak ve kafana göre yaşamak diye de bir şeyler yokmuş. Hayatın kuralları varmış. Çekip alamadım seni. Senin sebebin nedir bilmiyorum ama ben daha kuvvetli sarılamadım; beni ittiğin kollarına değil, kalbine yetmedi gücüm.

...Kabullenmenin zorunluluğunu; asıl kaybetmenin yapabileceğinden çok daha fazlasını yapmaya çalışmak ve nihayetinde başaramayıp küçülmek olduğunu; insanın birden bire kendini değersizleştirebileceğini, hislerini ve herkese, her şeye karşı olan güvenini kaybedebileceğini; düşebileceğini; bununla yetinmeyip enkaz haline gelebileceğini; o yarım bıraktığım romanda gördüm ben.

Şimdi, ikimizden biri birazdan daha fazla kaybetti. Muhakkak bunun bir ölçüsü var; muhakkak artık bunun bir önemi yok ve bunun ölçüsü artık elimizde olmayan, bir daha beraber yaşayamayacağız şeylerle ilgili de değil kesinlikle. Sevgimizin karşılığı kadar kaybetmedik; daha önümüzde duran ve sevemediğimiz sevgimiz kadar kaybettik.

Ben mesela, o kısa zaman içinde boğazıma kadar senle doldurdum kendimi. Kızdım, bağırdım, kırdım, döktüm ve sonra da geri kustum seni içimden boylu boyunca; sen de hemencecik çıkıp gittin, ardına bile bakmadın. Bunu bekliyor gibiydin adeta. Duraksamadın, kızmadın; belli bir sonun başlangıcını yaptığımdan memnun olmuştun. O bildiğim, cesaretine hayranlıklar beslediğim insan, kendine mağlup olmuştu. Bunu gördüğüm için, bu acımasız kararı ben koydum ortaya. Bunu benim dile getirmiş olmam, kesinlikle tek başıma aldığım bir karar haline getirmiyordu bu yüzden. Yaşadığımız yılgınlık bizi tüketiyordu. İlişkimizden söz etmiyorum; artık onu çoktan bitirmiştik. Kendimize olan saygımız yara alıyordu ve bu bizi daha da içinden çıkılmaz bir hâle sokuyordu. Sanırım sen de bu sebepler yüzünden bana minnettar olmalısın. Daha fazla tükenmediğimiz için eski günler sende de biraz olsun önem kazanmıştır böylece. Böylece iğrenilecek bir yaşamdan çıkıp, sonsuz bir özgürlüğe koşarak gitmiş olmalısın.

Şimdi, ikimizden biri birazdan daha fazla kaybetti. Sorma bana kim diye? Hileli bir oyunda hünerlerimizi sergiledik biz. Yaralandık daha yarılamadan yolu... Bundan sonra, bundan öncesini yüzümüze maske takıp sevgi ve merhametle anacağız. Büyük bir gerçeğin yalan insanlarla tekrar edildiğinde, nasıl sahteliğe döndüğüne şahit olacağız. Unut, unutalım. En azından yalanlar kazanmasın. Çünkü ikimizden biri birazdan daha fazla kaybetti.

Yüzümün göğü; sevgilim... Kokun, bütün kadınların anasıdır. Varsın ve hep olacaksın bundan sonra da. Lakin benden ayrı...

Bir zamanlar birini çok istiyordum. Hiç aklımdan çıkmazdı. Ne iş yaparsam yapayım, nerede olursam olayım bir parçam hep onunlaydı mutlaka. Acaba ne yapıyor, nasıl ve daha nicesi... Birçok soru... Bütün ömrüm onunla geçsin ve sabah uyandığında nefesini ilk ben duyayım diye dualar ederdim. Böyle durumlarda kim, kime ve nereye sığınır bilmem ama benim için böyleydi. Çünkü gücünüz yetmiyor bazı şeylere. Çabalıyorsunuz, elinizden geleni yapıyorsunuz, herkesle ve onunla kavga ediyorsunuz, bazen nefret ediyorsunuz, hatta bazılarının lanet önyargılarına maruz kalıyorsunuz ama neticede vazgeçilmez gibi geliyor.

Fakat zamanla sınırsız gibi hissettiğiniz gücünüzün aslında çok çaresiz ve yetersiz olduğunu anlıyorsunuz. Korkunç bir acı veriyor insana bu. Acı esir alıyor sizi. İliklerinize kadar hissediyorsunuz. Çıldıracak hale geldiğinizde ise en fazla duvarlara bağırıp susuyorsunuz.

Ama bazı şeyler olmamak için oluyor işte... Hatta "Bu dünyada ben de varım fakat senin olamam, sen de benim olamazsın, yaşadıklarımız kalacak geriye, hatırlayıp tebessüm edeceğiz, belki de mutlu olduğumuzdan daha çok canımız yanacak" demek için oluyor.

Ve sonra... Kabul etmek zor olsa bile böyle bu: Gücünüz bitiyor, direnciniz kırılıyor. Artık bir başkasına ait olduğunu bildiğiniz halde yine de kötü yâd etmiyor, onca dua ile beraber geriye bakıp "İyi ol, bir yerlerde gül, sabah uyandığında nefesini ilk duyan her kimse dilerim nasıl bir mucizeye sahip olduğunu bilir. Beni unutma, pişman olma, ben senin olamam, sen benim olamazsın, yaşadıklarımız kalacak geriye, hatırlayıp tebessüm edeceğiz, acıyacak belki ama ne olur... Ama ne olur bir daha karşıma çıkma. Çünkü bunları kabul etmek hiç kolay olmadı" diyorsunuz.

.
.
.

Oysa ne tuhaf; "Ne olur başkasını sevme" derdim önceden.

Bütün ömrümü silip hiç yaşamamış olmayı dilerdim. Pişmanlık değil bu katlanılmaz duygunun adı: Bir yerlerdesin ve hiçbir zaman benimle olmayacaksın.

İkimiz de başka hayatların parçaları olmuştuk. Işıltılı mağaza vitrininin camında gördüğüm yansımasına inanamadım. Büyük bir benzerlik olmalıydı. Hatta ikizi kadar benzeyen başka biri olsun diye dua ettim o kısa zaman içinde. Aynı anda dönüp birbirimize baktık. "Berrin Bahar!" dedim heyecanla. Onunla beraberken, öfkeli olduğum zamanlarda iki ismini de birden kullandırdım. "Bahar" dedim tekrar sakince. Hiç şaşırmamış gibi elini uzattı. Bunu bekliyor gibiydi. Fakat AVM'lerin uzun koridorları yıllardır birbirini görmeyen iki insanın tekrar bir araya gelmesi için tasarlanmış olamazdı. Şimdikinin aksine, o geniş ve uzun koridorlar insanların daha kolay kaybolmasına yaramalıydı. Yemek katının hemen altındaydık. En son söyleyeceğini her zaman ilk başta söyleyen biri olarak yine aceleci davranıp "Yukarı çıkıp bir şeyler içelim mi" dedim. Buna da şaşırmadı. Kabul etti gülerek.

Yan yana yürürken birbirimize çarpmamak için olağan üstü bir çaba sarf edip çıktık yukarıya. Yürürken, eskiden kalma alışkanlıklarım canlandı gözlerimde. Eline baktım sık sık. Tutmak istedim elini. Hava soğuk olmasına rağmen açık alana oturduk. Daha sakindi orası. Saçlarını kestirmişti. Benim de yanlarda hafiften beyazlıklar çıkmış ve alnımdaki çizgiler belirginleşmişti. "Zaman durmuyor anlaşılan" dedi gülerek. Cevap vermedim. Hala onu süzüyordum. Yeni bulduğum bir define haritasına merakla bakıyormuş gibi onu izlemeye devam ettim. Biraz kilo almıştı. Önceden boynundan omuzlarına kadar uzanan ve "buraya çiçekler ekmek istiyorum" dediğim o küçük çukur ortadan kaybolmuştu. Sessizce onu izlemek hala harika bir duyguydu, hatırladım yine. En çok uyurken izlerdim. Ancak o zaman kıpırtısız öylece dururdu. Diğer zamanlarda hep acelesi varmış gibi hareket ederdi. Bir yere geç kalmış gibi... Benden cevap alamayınca bu kez biraz daha gür bir sesle "Zaman diyorum, zaman... Durmuyor anlaşılan" diye tekrar etti. Bilirdim bu ses tonunu. Kızdığı zaman gülermiş gibi yapıp biraz titrek biraz da keskin bir sesle konuşmasına devam ederdi. Bu ikisini aynı anda nasıl yapabiliyordu, aklım almıyordu. Hem kızgın olup hem de gülümsemek... Kafama bir çekiç darbesi almış gibi irkildim hemen. Konuşmayı denedim ama beceremedim. Hiç istemediğim bir eve misafirliğe gitmişim de ayaklarımla halının püskülleriyle oynuyormuş gibi mahcup durdum karşısında. Bir yudum su aldım. Aslında haklı sayılırdı fakat gülümsemesi aynıydı. Zaman onda durur gibi yapmıştı. En azından biraz duraksamıştı. Fakat bunu söylemedim ona. Zamanın dokunamadığı tek yer gülümsemesi olabilirdi. Büyüsü bozulsun istemedim. Hani bir şeyi dillendirirsen herkes bir anda gözünü ona çevirir ve kıskanarak bakar ya; ben de onu saklıyormuş gibi davrandım. Yüzümde hissettiğim tuhaf kasılmalar gülümsemeden sayılıyorsa tıpkı onun gibi güldüm. Ya da gülmeye çalıştım, dışarıdan nasıl göründüğümü bilmiyordum. İkimiz de dingin bir su gibiydik. Hep aynı yöne akmaktan usanmış ve debisi düşmüş, kuvvetsiz, akıntı bile sayılmayacak tuhaf sulara benziyorduk. O son görüşmemizdeki öfkemizden ve bağrışmalarımızdan eser kalmamıştı. Masanın üstünde duran kitabı duvara fırlatışı, ağlaması, başını iki elinin arasına koyup susması geldi aklıma. Biri o meşhur sur'a üflemiş de anılar dirilmeye başlamıştı. Ne tuhaftı: Anıların da kıyameti vardı. Hesap günü... Fakat sanırım daha fazla kaybedecek bir şeyi kalmayınca insan daha rahat davranıyor. Zaten olan olmuştu. Şu saatten sonra yapacağımız ve konuşacağımız hiçbir şey sonucu değiştirmeyecekti. Sandalyelere yaslanmadan her an kalkacakmış gibi oturmamızı göz ardı edersek gayet rahattık. Ne konuşacağını, nereden başlayacağını bilmeyen iki insanın konforu vardı üstümüzde. Bu kadar sakin olmak aslında gerçekten sakin olmak anlamına geliyor muydu? Değildi elbette. Her ne kadar onun yırtıcılığı ve benim saldırganlığım ortalarda gözükmese de ikimizin de bir sözüne bakıyordu sadece. Ben hala cevap vermemiştim. Üç yıl içinde neler yaptığından söz etmeye başladı. Geçmiş yoktu. Bugün vardı. Bir ay öncesi, bir yıl öncesi, iki yıl öncesi ve en fazla üç yıl öncesi vardı. Hayatının başlangıcı bizden sonraki bir tarihti. Geçen yıl evlenmişti. Evlendiği adam bir bankada müdür olarak çalışıyormuş ve anlattığına göre sessiz sakin biriymiş. Eve geldiğinde gözlüklerini bir kenara bırakıp akşama kadar müşterilerine ne kadar para kazandırdığından söz edermiş. Yemek yenilirken mutlaka pür dikkat haberleri izliyormuş ve dolar kurunun yılsonunda ne kadar olacağı hakkında tahminlerde bulunuyormuş. Hayretle dinledim onu. Anlattığı adamın benimle yakından uzaktan ilgisi yoktu. Benden ne kadar bıkmış olabileceğini ve sırf bu yüzden bana tamamen zıt biriyle evlenmiş olabileceğini düşündüm. Tanıdığım o hırçın kadının böyle bir evliliğe katlanması mümkün değildi, bunu biliyordum. Yine de hiç soru sormadım.

Daha fazlasını merak etmiyormuş gibi yapıp sadece anlattıklarıyla yetiniyormuş havası vermek istemiştim. Neden böyle yaptığımı da bilmiyorum. Belki de o adamı deli gibi kıskanmış ve aynı zamanda da nefret etmiştim. Her şeyi anlatıp bitirdiğinde "Eeee, sen ne yaptın?" dedi. Bir anda sevgilim geldi aklıma. O ana kadar sanki yalnız yaşıyormuş gibiydim. Nereden başlayacağımı bilemedim. Aslında daha çok anlatmaktan çekindim. Çünkü hayatımda olan kadının, şu an karşımda oturan kadınla hiç alakası yoktu. Ne dersem hiç itiraz etmez ve bana uyumlu olmak için elinden geleni yapardı. Yani benim yorgun ve vazgeçmiş tarafımın sevgili kimliğine bürünmüş haliydi. Onu rahatça şekillendirebiliyordum. Bir hamur gibi... Çocuğuyla yirmi dört saat ilgilenen bir annenin bütün huylarını çocuğuna geçirmesi gibi... İstediğim zaman susup, istediğim zaman konuşuyordum. O da bir gölge gibi parmaklarının uçlarına basarak yanımda yürüyordu. Kendimden bir tane daha üretip galiba onu yok etmiştim. Sevgilimi... Sevgilim?

Neler yaptığımı anlatmak istemedim. Bir şey yapmamıştım çünkü. "Defalarca seni aramak istedim ama vazgeçtim. Buna cesaretim yoktu" mu diyecektim? Ya da "Beni neden aramadın, niye tekrar başlamadık? Daha aramızda bitirecek çok şey vardı" mı diyecektim? Elle tutulur hiçbir şeyim yoktu işte. İçimden, "demek ki" dedim; "Demek ki hala kaybedecek bir şeylerimiz kalmış... Mesela şimdi aynı masanın etrafında olmak bile kaybedilebilir. Hem de sonsuza kadar..." Oturduğu sandalyeden kalkıp gitse ne yapabilirdim? Bu kez dur diyebilir miydim? Fakat niye? Gitmesi gereken başka bir yer vardı artık. Dinlemesi gereken haber bültenleri, dolar kurunun yıl sonundaki fiyatı, kapının hemen girişindeki duvarda asılı duran ve kocasıyla düğünlerinde çekilmiş fotoğraflarının üstüne hücum eden toz zerreciklerinin tozunun alınması, akşamüstü yürüyüşleri, omuz çukurlarını dolduran kilolar, otururken hiç titretmediği dizleri, bir yere yetişme telaşından artık eser kalmayışı, içinden bana karşı geçirdiği fakat saklamayı başardığı öfkesi... Bunların arasında ben var mıydım? Varsam beni nasıl saklıyordu? Ya da diyelim ki onda gerçekten ben vardım; peki, o benim için neredeydi? Şimdi kalkıp gider miydi sahiden? Ya da gitme desem... İki eski sevgili, iki eski arkadaş, iki eski düşman, iki eski kaybetmiş...

Nihayet sandalyeye yaslanıp "Hiçbir şey yapmadım" dedim. Öfkeyle söyledim bunu. Kaybedilecek son şeyi de kaybetmek üzereydim. O da geriye yaslandı ve "Tam da senden beklenilecek bir davranış! Sen zaten hiçbir şey yapmadın" dedi. Gözleri garsonu arıyordu. Sandalyesine astığı çantasından cüzdanını çıkardı. "Müsaaden varsa bu hesabı da ben ödemek istiyorum" dedi. Bitmesini istemiştim çünkü. Tamamen kaybetmeyi çok içten istemiştim. Onu biriyle hayal etmek korkunç bir duyguydu. En barbar tarafımla nefret ettim adamdan. Nefret ettiğimi kabul ettim bu kez. Sustum. Sustum ama o adama hissettiğim nefret mutlaka yüzümden belli olmuştur. Belli olmasını da istedim açıkçası. Ve yine bacaklarını titretirken elinde açık halde tuttuğu cüzdanına baktım. Niye açık tutuyordu cüzdanını? Farkında mıydı? Kocasıyla yan yana çekilmiş fotoğrafı vardı cüzdanında. Hesap çok önceden ödenmişti...

Belirti

Buna hakkım olduğunu düşünsem, şimdiye kadar çoktan karşına geçip ve hiç tereddüt etmeden "Seni seviyorum; sesin, içimdeki yırtılmış yerleri onarıyor. Bir daha hiçbir ses buralara ulaşamaz dediğim ne kadar yer varsa iri taneli kumların içine sızan su gibi sesin sızıyor içime, hiç rahatsızlık vermiyor üstelik, bedenime hiç yabancı gelmiyorsun" derdim. Anlıyor musun beni? Yorgun olduğunu ve konuşacak gücü kalmadığını iddia edenlerin aksine seninle hiç susmayayım istiyorum. Bırak, sesinden yağmur yağsın üstüme. Göğsüm kımıldasın. Bu ölü toprağını al benden. Kuşkusuz, her insan bir yerde artık durmak istiyor. Fakat ben, bunca yorgunluğun, sessizliğin ve kaybedişin telafisi olmanı ummuyorum senden. Hem istesek bile ikimizin de gücü yetmez buna, biliyorum. Dilersen eskinin üstüne, dilersen yeni bir şeylerin üstüne olsun bu başlangıç. İnsan kendinden sıyrılamaz. Bir bedenimiz ve bir kalbimiz var yalnızca. Yerine hemen yenisi konulacak bir bardak da değiliz. Bizim eskittiğimiz şeyler ölür, yok olur. Farkına varamasak da hep bir tükenişin içinde oluruz. Beni dinle... Beni daha iyi dinle: Bir araya gelince ayrılmaya başlarız aslında. Birbirimizi daha iyi tanırız çünkü. Ve tanımak korkutucudur. Gerçektir aynı zamanda da. Fakat korkmuyorum bundan. Sarıl bana. Göğsümü yerinden kımıldat ne olur. Özledim... Sesinin içimi iyi etmesini de seviyorum; söyledim bunu sana. Bana cesaret ver. Bir kez olsun kaybetmeyeyim. Bir kez olsun hakkım olmayan şeye sahip olmama izin ver.

Rahat rahat bağırın yalnızım diye.
Yeryüzünde duyulmayan tek ses budur çünkü.

Beni, hiçbir yerde barındırmayıp hatta kendi göğsümden dahi alaşağı eden bu duyguların ne adını biliyor ne de onlara yön verebiliyorum. Sen yardımcı ol lütfen, ne olduğunu anlat. Bu büyük göğünde önemsiz bir şey gibi uçmama izin verdiğin fikrine teslim olmak istemiyorum. Tüm mesele özgürlük ise, ne göğünün ne de kanatlarımın uzanacağı yerler sonsuz değil. Ne sen, senden daha büyük bir boşluğa taşınabilirsin; ne de ben, senden daha büyük ya da daha aydınlık bir göğe uçabilirim. Sınırsız olamazsın, olamam. Bunca zaman bunu aklıma bile getirmedim. Bir evin aşina olduğun duvarlarına bakmak, bir otel odasının penceresinden dibi görünen pürüzsüz bir denize bakmaktan daha sıcak gelir insana. Çünkü karşılaştığın manzara ne kadar güzel olursa olsun, oraya ait olmadığını ve kısa bir zaman sonra da ayrılmak zorunda kalacağını bilirsin. Senden başka her şeyimi geride bırakıp çıktığım bütün yolculuklarda tecrübe ettim bunu. Etrafımdaki her nesnenin küstah bir gülümsemeyle yüzüme bakması ve her defasında bunu yaşamak korkunç bir duygu. Ve inan bana, senin de bu hisleri tatmanı istemediğim gibi, olur da bir gün, bu duyguları tadabileceğin ihtimaliyle de kavgalar ettim. Nerede kalmıştık? Sık sık kendime sorduğum bu soru yoruyor beni. En başından en sonuna kadar tekrar yürüyorum. Böylece yaşadıklarımızı yine gözden geçiriyorum ve neden böyle olduğumuzu anlayabilmek için küçük detaylara kafa yoruyorum. Şimdiye kadar muhtemeldir, olabilir dediğim her şeyde yanıldığımı gördüm. Hayatı en basit haliyle yaşamak isterdim. Mesela dere içindeki bir taşa çarpıp oracıkta küçük bir kabarcığa dönüşmek ve yine hemen oracıkta patlayıp yok olmak fikri çok cazip. Yokluğu kalıcı bir önem teşkil etmeyen, eğlenceli bir varoluş olurdu benim için. Evet, bunu kuvvetle isterdim. Çünkü bütün ömrüm boyunca her şeyi çok zorladım. Şimdi ise olabileceğini düşündüğüm her şeyin aslında benden çok uzakta olduğunu tüm netliğiyle görebiliyorum.

Geçen sabah, bütün alışkanlıklarımın değişmiş olmasını dileyerek uyandım. Bilirsin; bir başlangıç noktası seçme konusunda her zaman zorlanırım. Ne yapabilirdim, neyi değiştirebilirdim, bunu düşündüm. Devamlı yatağın sol tarafından kalkmak mesela? İlk vazgeçebileceğim şey bu olabilirdi. Nihayetinde normal insanlar hayatlarında bir değişiklik istedikleri zaman en kolay yapabilecekleri şeylerden başlamak istemezler miydi? Kimi için saçlarını boyatmak, kimi için sakallarını kesmek ya da kimi için de en kolay vazgeçebileceği insandan vazgeçmek. (Bu son söylediğim şeyler arasında nereden başladığını ikimiz de çok iyi biliyoruz.) Ben de bu defa öyle yapmak istedim. Fakat gözlerimi açar açmaz yatağımın sağ tarafında duvar olduğunu hatırladım. İlk denemem başarısızlıkla sonuçlanmış oldu. Yine de, içimdeki değişmek isteği o kadar baskındı ki, önceden yaparken haz duyduğum şeyler artık bana hiç ama hiçbir şey ifade etmiyordu. Bir yabancılıkla karşılaşmış olmanın verdiği duyguyu anlatmak pek güç. Eğer her şey böyle olmasa, bu duyguyu kuvvetle hissetmesem, yani gözümün ısırdığı, en azından tanıdık gelebilecek bir tatla karşılaşabilseydim, bu derin boşluğun içinden çıkabilmek için kendimi, ciğerleri patlamak üzere olduğu halde atına hiç acımayıp yalnızca yarışı kazanmaya odaklanan bir jokey gibi acımasızca kırbaçlayarak koşmaya zorlayabilir, üstelik sahibimin bana yaptığı bu iğrenç muameleden hiç rahatsız olmazdım. Fakat gerek görmüyorum buna. Toprağın içinden aniden bir şeyin çıkıp beni sıkıca sarmasını, daha sonra da dibe doğru iyice çekmesini umuyorum. Bu düşünce benim için tek kurtuluş yolu olarak görünüyor. İşte, bunun adı değişiklik. Anlıyor musun? Bu soruyu sevmediğini de biliyorum. "İnsanlar neden anlıyor musun diye sorarlar? Dünyanın en nezaketsiz ve biçimsiz sorusu bu! Hiç öfkem yokken bile büsbütün bir öfkeye teslim oluyorum bu soru yüzünden. Bunun yerine 'Anlatabildim mi?' demek lazım" derdin. Şu an o hırçın ve öfkeli halini görmek isterdim açıkçası. Sana dair herhangi bir şeye sahip olamamanın yıkıcı sancısı öfkene dahi meyletmeme neden oluyor. Seni, bana karşı tetikleyecek herhangi şeye ihtiyacım var. Çünkü yön verilip bir kenara çekilmeyecek kadar kudretliydin her zaman. Veya bana karşı savunduklarının şimdi bir başkası için aşılması sıradan engeller haline gelmiş de olabilir. Öyleyse beceriksizliğimi sorgulamanın tam zamanıdır belki de? Bu yüzden "Anladın mı?" diye sorma ihtiyacı hissettim. Bu da kötü bir başlangıçtı. Fakat bir ihtimal bu. İhtimallerin, esasında çok yıpratıcı duygular olduğunu bilmek, beni bazı şeyleri hayal etmekten geri koymuyor hala. Sanırım senden sonraki en zayıf yanım bir türlü engel olamadığım bu dürtü: Bir şeyin üstüne gitmek ve kaçınılmaz sona doğru hızlıca yürümek. Tüm bunları bir kenara bırakırsak; anlaşılmak, anlaşılamamak kadar tuhaf ve aynı zamanda daha yıkıcıdır. Kendini ve içinde olduğu durumu çok iyi ifade edip nokta atışı yapan birinin çaresizliğini tahmin edebilir misin? Her şeyden önce karşındaki hiç kimse bir öneride bulunamıyor. Anlaşılıyorsun, içini açıyorsun, sebeplerini ve sonuçlarını bir bir ortaya koyuyorsun fakat kimse kılını dahi kıpırdatmıyor. Hemen az önce meydana gelmiş bir kazaya denk geldin mi hiç? Son çıktığım yolculuğun dönüşünde rastladım buna. Hızlıca yanlarından geçerken dikkatimi çeken tek şey insanlardaki telaştı. Müthiş bir kargaşa hakimdi kaza yerinde. Hiç tanımadıkları birilerini hayatta tutabilmek için ellerinden geleni yapıyorlardı. Tuhaf bir durumdur bu. Az önce cinayet işleyip tesadüfen oradan geçen herhangi biri de yapabilir aynı şeyi. Niye mi? Saf duygular için olabilir mi bu telaş? Dikkatlice baktığın zaman vicdanlarını biraz olsun serinletip hayatta bir işe yaramış olmanın verdiği hazla baş başa kalma çabalarını rahatlıkla görebilirsin. Anlaşılmak ve anlaşılmamak arasındaki bağ bu kadar kuvvetlidir. Lacivert renkli ve artık tavanı olmayan bir arabanın yol kenarındaki takla atmış görüntüsü bütün hayatımın özetiydi. İlerlediğim yolun genişliği daha rahat hareket etmem için yeterli olmadı. O arabanın içinde düşündüm kendimi. Sıkışıp kalmıştım. Yalnızdım yine... Birkaç saniyelik bu geçişin bana çağrıştırdığı şarkılar oldu. Ellerim titreyerek o şarkıları açtım. Şarkılara eşlik ederken yine kaza yerindeki lacivert arabayı düşündüm. Benim durumum daha farklı: Trafiğe takılmadan vaktinde yetişen ancak kaza yerinde kıpırtısızca duran bir ambulansın içinde gibiyim. İnsanlar acele etmiyor ve beni hayata döndürmek için en ufak bir çaba sarf etmiyorlar. Sarf edemiyorlar ya da... Çünkü ambulansın görevini mükemmel yapıp tam zamanında gelmesi, kazazede için tam zamanında yapılmış bir hamle olmayabilir. O ilk çarpışma anında tükendim. Bunu, seninle ilk tanıştığımız anda ne hissettiğimi daha iyi anlayabilmen için anlatıyorum. Ve biliyorum, beni daha iyi anlıyor olman sonucu asla değiştirmeyecek. Kaza yerine geç kalmayan ancak kıpırtısızca duran bir ambulansın içinde herkese öfkeyle bakıyorum. En azından, hayatın içindeki birkaç kişi (hayatımın içindeki birkaç kişi demeyi isterdim) benim için bir şeyler yapmaya çalıştılar. Teşekkür etmiyorum kimseye. Herkes kendi vicdanı için yanımdaydı. Acıma duygusunun ağır kokusu kendini her yerden belli ediyor. Bana acınmasını istemiyorum. Telafisi mümkün olmayan bunca şeyden sonra anlaşılıp anlaşılmamanın hiçbir önemi yok. Ama boynun, kuşların yollarını kaybetmemek için göğe bıraktıkları bir iz gibi güzel hala. Hala bütün yollardan daha mühim. Hala bir şeylerin başlangıç noktası. Umudun sahte, kışkırtıcı ve sönük varlığı içinde seni bekliyorum. Ama biliyorum: Bütün alışkanlıklarımın bir sabah değişmiş olmasını dilerdin.

BAZILARI UZAKTAN SEVER *Halis Karabenli*

Yanınızda olup geçmişinizi tartaklamayan ve hep varlığını hissettirene sarılın. Sevgi itimat etmektir çünkü. İyileştirmektir. Yormamaktır.

İhtimal

Yalnızlığın garip bir konforu var sevgilim. Hiçbir şey için hiç kimseden, hiçbir zamandan sorumlu olmuyorsun. Bir bağın olmuyor belirli bir şeyle. Ne yaşarsan yaşa "Evet, güzeldi" deyip yoluna gidebiliyorsun. Ve kendini böyle güçlü ya da aldırmaz hissediyor olman bir süre sonra yalnızlığını kaybetme korkusunu büsbütün yerleştiriyor insanın içine. Ne garip; insan korktuğu şeyleri sevmese bile onu kaybetmekten korkuyor zamanla. Tek sahibin bu korku oluyor işte. Gidenler, kaçırdığın fırsatlar, görmezden geldiklerin ve daha evvel yaşadıkların bu büyük korkunun yanında eriyip gidiyor. Bir önceki, ondan daha önceki ve daha da öncekinin acısı azalıp seyreliyor. Geçmiş çürüyor. Geçmiş kopuyor bir yerde. Kimi zaman da geçmiş, bir sızı halinde yokluyor ve hemen bir başkasına sarılmak istiyorsun. Fakat kalamıyorsun kimsede... Dualarla insanlar arasındaki benzerliği görüyor musun? Aslında ikisine de inanmaktan korkuyorsun. Çünkü dua edip o şeyi kuvvetle istersen, yalnızlığını kaybetme ihtimalin doğuyor. Birine tutunur gibi yapıp onu hiç önemsememek gibi.

Seni istiyorum şimdi.
Dua ediyorum.
Korkuyorum.
Bir gece yanımda uyu.
Bir gün yürürken elimi tut.
Sigaramı yaktığımda o ilk nefesi nasıl içime çektiğimi gör.
Neyin canımı acıttığını anla.
Bunların olmama ihtimali çıldırtıyor beni.
Deliriyorum.

Dokunma.
Konuşma.
Sarılma.
Uyuma.
Sevişme kimseyle.
Bunların olma ihtimali çıldırtıyor beni.
Deliriyorum.

Kimse tamamen unutulmaz ama değersizleşir. Körelir, eskir, geçmişte kalır, uzun bir uykuya dalar, öyle hatırlanır.

Issız Adam filmini düşündüm. Filmin bir sahnesinde adam yanında yatan kadına tuhaf tuhaf bakıyor ve yataktan kalkıp dışarı çıkıyordu; başka bir kadının tenine... Hayatındaki her şey yoluna girerse adamın kirli dünyası birden bire temizlenecekti ama adam yine de içinde olduğu durumdan daha berbat bir karmaşanın içinde bulacaktı kendini. Çünkü insanların içinde kaybolması için artık hiçbir bahanesi kalmayacaktı. O, buna alışmıştı: Kimseye hesap vermeden yaşamaya, birine bağlanmamaya, yatağın soğuk tarafına, tek kişilik kahvaltılara, tek kişilik akşam yemeklerine, tek kişilik yürüyüşlere... Birini sevmek ayrı, onunla yaşamaya alışmak çok başkaydı hakikaten. Tıpkı onun gibi ben de yanımda uyuyan kadına baktım. En son ne zaman biriyle uyuduğumu hatırlamıyordum. İki kişilik yatağa ikimiz birden rahatça sığabilirdik aslında fakat bir türlü olmuyordu. Sağa döndüm, sola döndüm, en sonunda yatağın diğer ucuna sindim iyice. Küçüldüm. Dikenli teller gördüm yatağın ortasında. Odanın tavanı, duvarlar daralıyor ve birazdan üstüme kapanacak taş yığınına yalvarıyordum. Yardım edin! Biri bana yardım etsin!

Yatağın ucuna oturup bir sigara yaktım. Üç dakika sürdü sigarayı içmem. Tanıdık geldi bu süre. Yatakta uyuyan kadını gardırobun aynasından üç dakika izledim. Beni yenmek için gelmişti sanki. Beni kendine benzetecekti belki de. Ona benzersem ne olurdu? İyi bir şeyler herhalde. Peki, kime göre iyiydi? Önemi yoktu bunun. Sigaram bitince aynada gördüğüm sureti de yanıma alarak dışarı çıkmak istedim. Pantolonumu ve gömleğimi giydim, hala uyuyordu. Ara sıra yatağın içinde sağa sola dönüyordu ama öyle huzurlu görünüyordu ki, bırak sabahı, en az yüz yıl daha hiç uyanmadan uyumaya devam edebilirdi. Evin içinde sessizce yürüdüm, çıt çıkarmadan. Karanlıkta anahtarımı aradım, mutfak tezgahının üstündeydi. Niye oraya koyduğumu hatırlamıyordum. Bu da önemsiz bir ayrıntıydı. Evden çıkmadan önce yatak odasına dönüp bir kez daha baktım ona. İçimde durmaksızın büyüyen taş yığınına bir ses arıyordum; Bu kez gürültü yapmaktan çekinmedim. Belki es kaza uyanır ve "Nereye gidiyorsun?" diye sorardı bana. Ben de karşısında bir suçlu gibi alık alık sessizce dururdum ve o da sessizliğimden ne olduğunu anlayıp saatin kaç olduğuna aldırmadan kendiliğinden gider, ben de onun peşinden "dur, gitme!" diye gider... Hayır, bir sigara daha yakıp sigarayı yaktıktan üç dakika sonra da yatağıma girip huzurla uyurdum. Ama uyanmadı... Uyanmadı, uyanmadı ve sessizlik, ince bir zaman tünelinden kurtulmak için geçeceğim kapıların hepsini kapattı. Dışarı çıktığımda saat 03.35'i gösteriyordu. Haziranın sonlarıydı. Her gece sabaha kadar havladığı için nefret ettiğim komşunun köpeği yine havlıyordu. Galiba deliydi bu köpek. Parkta iki kişi vardı, tanımıyordum onları. Biri, "içer misin?" der gibi elindeki şişeyi havaya kaldırıp bana gösterdi. Diğeri de şarkı mırıldanıyordu. Sözlerini anlayamadım şarkının. Adamın da ne söylediğinin farkında olduğunu sanmıyordum. Ama sarhoş samimiyeti ne güzeldi. Gülümsedim. Hayır, anlamında elimi hafifçe kaldırıp yoluma devam ettim. Nereye gidiyordum? Bilmiyordum bunu. Issız Adam filmindeki adam gibi gidecek ikinci bir kapım yoktu benim. Hatta o anda bir kapım bile yoktu artık. Yatağımdaki kadın her şeyimi almıştı. Binaların tek tük ışıkları yanıyordu. "Herhalde onlar da beraber uyumayı beceremiyorlar" diye düşündüm. Kim bilir, belki de biraz sonra herkes sokağa inecekti ve adım adım takip edeceklerdi beni. Hatta kediler, köpekler, kuşlar ve karıncalar bile, beraber uyumaya alışkın olmayan kim varsa peşimden geleceklerdi. Biraz daha yürüdüm. Tek tük ışıkları yanan başka binalar da gördüm ama kimse katılmadı bana. Sık sık arkama baktım. Bir umutla bina kapılarından açılma seslerini bekledim. Ama hiçbir otomat duyulmadı. Birbirine çarpan iki demirin ağır metal sesi gelmedi bir kere bile. Daha beteri, ayak seslerim yalnızlaştı iyice. Yürümekten yoruldum. Yarım paket sigara bitirdim yürürken. Sanki benden başka herkes uyuyordu. Hem de muhtemelen sarılıp uyuyorlardı. Geri döndüm eve. Gün yavaş yavaş ağarıyordu. Parktaki sarhoşlar da gitmişlerdi. Kapıyı çarptım. Koridorun ışığını yaktım. Ayakkabılarımı epey gürültüyle çıkardım.

Salona geçtim. Televizyonu açtım, yarışma programı vardı. Ama niye yarıştıklarını anlamadım. Ne gerek vardı buna? Dört kişi bilgilerini yarıştırıyordu ve bildikleri şeyler karşılığında da para kazanıyorlardı. Bu muydu sebep? Bütün mesele para mı? Ya bunca şeyi öğrenirken ödediğimiz bedeller ne olacaktı? Bu yarışmadan alacakları para karşılar mıydı hepsini? Bana neydi? Televizyonu kapattım ve tekli koltuğuma oturdum. Onun sigarasından yaktım. Uyuyor olmalıydı hala. Üç dakika sonra yatak odasına gittim. İzledim onu biraz daha. Ne için korkuyordum? Evet, bir şeyden korkuyordum. Üstümü çıkarıp yanına sessizce uzandım, sarılamadım. Yatağın tam ortasındaki dikenli teller hala duruyordu. Tavan ve yan duvarlar ve hatta zemin bile üstüme üstüme geliyordu yine... Ev dediğim bu taş yığını görevini kusursuz yapıyordu. Korktum iyice. Gözlerimi kapatıp küçükken annemin elini nasıl tutuyorsam öyle tuttum elini. Bana döndü. Titriyordu. "Hiç uyumadım" dedi birdenbire. Her şeyini kaybetmiş biri gibi bakıyordu bana. Ne tuhaf bir şeydi bu böyle? Karanlıkta saklanması daha kolay olması gerekirken insan tam aksine daha net gözükebiliyordu. Her ayrıntısı ile hem de... Merak etmedim, niye uyuyamadın diye sormadım. Beli oluyordu zaten: Kaybetmişti bir şeyleri, hem de sağlam kaybetmişti. Benden tek farkı uyur gibi yapmıştı ve ben de inanmıştım buna. Düşünmedim daha fazlasını. Düşünürsem bana numara yaptığı için kızabilirdim ona. İkimiz de yeterince yorgunduk. "Gerçekten uyuyalım mı artık?" dedim. "Uyuyalım." dedi. "Üç dakika daha, dünya kostümünü çıkarmadan, gerçekten uyuyalım."

Çürük

Kana karışması yalnızca birkaç dakika süren bir ilaçtan daha hızlı nüfuz etmişti bana. İlacı dilimin üstüne koydum, suyu kafama diktim ve bitkin bedenim ilacı hemen oracıkta kabul etti. Son kapım, son durağım ve son çarem olduğundan emindi. Nereye geldiğini ve bana neler yapacağını da çok iyi biliyordu. Aslında, belgesellerdeki vahşi hayvanların avlanmasına benziyordu tanışmamız. Diğer aslanlardan kaçacağım diye koşmaktan yorgun düşmüş ve bir çalılığın içinde nefesimi toparlamak için durmuşken onun yanında bulmuştum kendimi. Ölecektim artık, sonum gelmişti ve teslim olmuştum. Hem bu gün olmazsa yarın bu mutlaka olacaktı. Niye daha fazla uzatmalıydım? Ne gerek vardı? Ama ne tesadüf, "Ben diğerleri gibi değilim" der gibi duruyordu. İnanmak istiyor insan bazen. Mutlu olmak için birçok şeyden vazgeçip birçok yalana kendini inandırabiliyor. Ve elbette en başından beri satın alınmış mutluluğu gün geliyor bir başkası da senden satın alıyor. Başka bir av, başka yırtıcılardan kaçarken işini bilen aynı aslan aynı çalılığın içinde bekliyor. Bunu fark edene kadar kaç kişinin bu köpüklü suda kendini görmeye çalıştığını anlayamamıştım. Aradan zaman geçince sular iyice çekilmiş, orada yatan cesetlerle göz göze gelmiştim. Başka biriydi tanıdığımı sandığım. Gözleri, elinde kırbaç tutan bir at terbiyecisine benziyordu. Kendinden emin, bir şeylerin ters gittiğini haykırıyordu. Ya da her şey en başından beri tersti. Önemli miydi bu? Son, başladığı zaman durmak bilmiyordu. Yani sonlar hep hareket ediyor ve iyice bitene kadar durmuyordu. Bunu düşünmek bile yormuştu beni. Ne olacaksa hemen olsun istiyordum. Çünkü bu yoldan daha önce geçmiş ve küçük ekmek kırıntıları bırakmıştım yol üstüne. Bu durum tuhaf bir rahatlık hissettiriyordu bana. Elbise dolabını açıp şarkı mırıldanarak bavulumu hazırlardım bir güzel. O düşünsündü. Bu defa kaybolmazdım. Geriye dönmek yine zamanımı alırdı ama mutlaka evimin yolunu bulurdum. O da nereye isterse oraya giderdi. Durup kendimi yokladığımda az hasar aldığım için sevinirdim. Arkama bakmazdım. Artık daha usta bir av olurdum. Bundan sonra ölü numarası yapardım. Bayat bir et olurdum. Kimse dokunmazdı bana. Gölgesinden korkan bir çocuk değildim. Yaşadıklarımızı anılara çevirmemek için geçmişi düşünmezdim. Mesela sabah daha gözlerimi açmadan elimle yatağın sağ tarafını yoklayıp onu yanımda hissetmenin müthiş güven verici duygusuna sırtımı dönerdim. Terliklerimi giyip mutfağa kadar gözlerim kapalı gitmek ne kadar zor olabilirdi? Hem ne kadar usta bir avcı olursa olsun geçmiş onun için de zor olurdu mutlaka. Öldürdüğü insanların cesetleri gözlerinin önünde duruyor olmalıydı. Bu yüzden beni şimdiye kadar çok net görebildiğini de sanmıyorum. Bir sürü cesedin içinden beni seçemezdi.

İçimde, yalnızca olmasını istediğim şeylerin olduğu bir manzara resmiyle yaşıyorum. Kendim çizdim. Renklerini kendim seçtim. Birkaç ağaç, deniz, çok soru sormayan birkaç insan, ağaçların biraz uzağında duran ve sigara alabileceğim bir mahalle bakkalı, en sevdiğim şarkıyı yazmak için yıllardır uğraşan ve bir türlü yazamayan şarkıcı, -halbuki istesem ve sözlerini versem işini kolaylıkla bitirebilir- en sevdiğim peynir çeşitleri ve yürümekten bıkmadığım uzun bir yol... Yoksa her şeyi benden bekleyip kılını dahi kıpırdatmayan bu insanların arasında kaybolup gidecektim. Öfkeme yenilmek istemedim. Kendimi küçücük hissediyorum bu büyük binaların arasında. Üstümü örtüp güneşi benden alan siyah bir bulut var. Hatıralar bunlar. Yarım kalanlar. Verilip hiç tutulmayan sözler. Yalanlar. Bunlar içime nüfuz etmeden bir manzara çizdim içime. Annemin gülen yüzünü özlüyorum sadece. Öyle güzel gülüyor mudur hala?

Banyodaki iflah olmaz musluk şip şip damlıyor. Evin tek sesi bu epeydir. "En sağlıklı çürümenin yolu beklemektir" derdi babam. Haklıydı. Annem çok geceler beklemişti onu. Gözlerinin altı çürüyerek "Uyandın mı yavrum" derdi tuvalete kalktığımda. Çürümüş elleriyle tutup götürürdü beni yatağıma. Sonra sabah olurdu ve babamın çürümüş sesini duyardım. Şip şip damlardı banyonun iflah olmaz musluğu. Çürümüş dudaklarıyla öperdi babam beni. Kardeşlerimi de öperdi. Yeterdi dudakları hepimize. Fazla mesaiye kalıp kazandığı para cebinde dururken çocuklarına mahcup olmayacak bir baba edasıyla "Bir ihtiyacınız var mı? Hemen alalım" derdi. Bütün çocuklar susardık çürümüş seslerimizle. Yaşlanıyordu babam, yoruluyordu. Biz susunca annemin göğsü kabarırdı. Ona benziyorduk git gide. Kadir kıymet biliyorduk o yaşta üstümüzde çürüyen elbiselerimize inat. O zamanlar içime resim çizmeyi öğrendim. Babamın yorgunluktan çürümemiş ellerini ve annemin beklemekten çürümemiş kahverengi gözlerini çizdim. Orada her şey öylece kalırdı. Biz de büyümezdik. Git gide betonlaşan şehir bize dokunamazdı hiç. Şimdi de ne zaman güzel bir şey görsem hemen resmini çiziyorum içime. Güzel kokular, güzel sesler, güzel yemekler ve güzel ayrılıklarla doluyum.

Alışırsın zamanla. Canın acımaz, öfke duymaz ve aldırmazsın acaba nerede, ne yapıyor diye. Bu, unutmaktan daha fenadır.

Üstünden ne kadar zaman geçerse geçsin unutulmuyor. Daha doğrusu unutmak için değilse bile köreltmek için düzgün bir bitiş gerekiyor insana. En ufak bir şüpheye mahal vermeyen, insanın içinde umut kırıntısı ya da soru bırakmayan sağlam bir bitiş. Yıllarca düştüm o karanlık çukura. Sesi dipsiz bir kuyuya dönüşmüştü "Artık olmuyor, yapamıyorum" dediğinde. Tanımadığım biri vardı karşımda. Sesinin ilk defa duyduğum garip bir tonunu keşfetmiştim hiç istemeyerek. İçim ürpermişti. Bu duyguyu en son lisede okulu astığımda babamın beni yakalamasıyla yaşamıştım. Şansa bak; koca bir sezon hiç devamsızlık yapmamıştım ama ilk denememde yakalanmıştım babama. Emel'den ayrılmıştım o gün. Daha on altı yaşındayım. Nasıl seviyorum ama. Bana göre dünyada benimkinden daha büyük bir aşk yoktu. O da "Artık olmuyor, yapamıyorum" demişti. Herhalde işin kolay yolu buydu: Artık olmuyor, yapamıyorum diyordun ve yapamadığın her şey bir anda yok oluyordu. Sihirli bir şapkada kaybolan güvercinden farklı değildi Emel. Gitmişti. Gerçek olamazdı bu. Olmamalıydı. Mayıs ayının son günleri. Okul kapandı kapanacak artık. Göğün kudretli eli yavaş yavaş güneşi sıkmaya başlamış gibi terliyordu güneş. O nefes alamadıkça biz de soluk alamıyoruz. Ben daha çok boğuluyorum, Emel yok. Arkadaşlarla karar verdik okulu asmaya. Acemiyiz hepimiz, asacağız ama nereye gideceğiz, onu bilmiyoruz. Erdal, Hakan, Rıdvan, Levent ve ben... Yan yana yürüyoruz yolda. Beşli bir ittifak kurmuşuz. Kimse karşımızda duramaz sanki. Emel hariç... Emel bir gelse, hepsini satarım oracıkta. Arkama bakıyorum sık sık belki diye. Ama yok. Son baktığımda babamı gördüm. Telaşla önüme döndüm hemen. Hakan'ı kolumla dürttüm ve fısıldadım "Oğlum babam lan" diye. Hakan da telaşlandı. Sanki kendi babasına yakalanmış. İyice sokulduk birbirimize. Hızlandık biraz daha. Öbürleri anlamadı niye hızlandığımızı. Bir cesaret arkama dönüp baktığımda babam yoktu artık. Yürüdük. Birkaç kez daha baktım, yine yoktu. Olan olmuştu nasılsa. Akşam evde kıyamet kopardı, öyle düşünüyordum. Babam gelmeden eve döndüm. Odama geçip yatağıma uzandım. Uyursam öbür akşama kadar görmezdim babamı. Erkenden işe gidiyordu zaten. Tavana baktım. Babamın yüzü vardı. Sağa döndüm, sola döndüm ama uyuyamadım. Her zamanki saatinde geldi babam, dakika şaşmazdı. Nükleer enerjiyle çalışan bir saat gibiydi. Çıkmadım odadan. İçeri girdi. Uyuyormuş gibi yaptım. O sıcak havada üstümü örtüp "İyi geceler oğlum" dedi.

Biliyordu uyumadığımı. İyice sıktım göz kapaklarımı. Babamın yorgun sesi bana gereken her şeyi söylemişti. Sesi dipsiz bir kuyuya düşen taştan farklı değildi. İçimde yankılandı, yankılandı ama taşın toprakla buluştuğunda çıkardığı o tok sesi duyamadım bir türlü. Taşın peşinden atlamak istedim. Sabaha kadar uyuyamadım. Hep Emel'i düşünüyordum, babamın yorgun sesini değil. Öğlen okula gittim. Emel gelmedi okula. Ertesi gün de gelmedi. Sınavlar bitmişti zaten. Emel de bitmişti. Eylül'de okullar açılana kadar hiç haber alamadım. Ne bir veda, ne de başka bir şey... Birden bire ortadan kaybolmuştu. Adamakıllı bir bitişe ilk o zaman ihtiyaç duymuştum. Bütün yaz sus pus dolaştım ortalıkta. Yaz çabucak bitmeliydi. O üç ay geçmek bilmiyordu bir türlü. Nihayet okul açıldığında karşılaştık. Bu kez bana en uzak yere oturdu. Yüzüme bile bakmadı. Arkadaşlarıyla gülüp geçti yanımdan teneffüslerde. Biraz daha büyümüş, biraz daha güzel olmuştu.

Şimdi de aynısı vardı karşımda. Konuşurken sesi derin bir kuyuya düşüyordu Elif'in. Emel'i hatırladım yıllar sonra. İkisi de bir ağızdan konuşuyordu. Olmuyordu, benimle yapamıyorlardı artık. Sesinin yerinde olmak istedim. Ona ait bir şey olmak fikri çok cazipti o an. Ve bu sonu belli olmayan derin kuyu ne kadardı, onu öğrenmiş olurdum. Uzun uzun konuştu Elif. Sebeplerini sıraladı. Sebeplerinin hiçbirinin içinde yoktum ama bu bedeli ödeyecek olan da bendim. Mayıstı yine. Karşımda çok rahattı. Göğün kudretli eli yavaş yavaş güneşi sıkmaya başlamış gibi terliyordu güneş. O nefes alamadıkça ben de boğuluyordum. Bir tarafım bu şeyin hemen bitmesini istiyordu, bir tarafım da biraz daha uzamasını... Kravatımı gevşettim. Çalışmaya başlamıştım o gün. Okulu bitirince hemen iş bulan şanslıların arasındaydım. Saatine baktı Elif. Bir yere yetişmek istermiş gibi kalktı masadan. Eve geç kaldığında böyle yapardı genellikle. Ama bu kez farklıydı. Elini uzattı. Veda edecek gibi oldu. Niyeyse vazgeçti. Çantasını astı omzuna. Gömleği hafifçe sol tarafa doğru kaydı çantasını omzuna asınca. İki adım atıp durdu. Geri döndü. Ona aldığım yüzüğü çantasından çıkarıp masaya bıraktı. Yine bir şey söylemedi. Sesindeki taş uzaklaştı benden. O gidince güneş de rahatladı, üstüme abanmayı bıraktı. Serinledi birdenbire hava. Masanın üstünde duran yüzüğü alıp ilk defa görüyormuş gibi uzun uzun baktım. Masanın üstünde çevirdim. Yere düştü, aldım. Serçe parmağıma taktım. Onun yüzük parmağı benim serçe parmağım kadardı. Bu yüzüğü alırken de ölçü olarak onun yüzüğünü kullanmıştım. Çok sevinmişti yüzüğü görünce. Elif gidince de epey bir zaman cebimde taşıdım. Fakat bir sabah uyandığımda hiç düşünmeden pencereyi açıp aşağıya bıraktım yüzüğü. Kasım ayıydı. Üçüncü kattan aşağı düşüne kadar izledim. Yere düşünce küçük bir ses çıkardı sadece. Sonra taşların arasında yuvarlanarak gözden kayboldu. Nihayet o dipsiz kuyunun dibini bulmuştum.

İncelik

Dışarı çıktım ve saatlerce yürüdüm. Müzik listemi aynı şarkıyı çalması için ayarladım. Semiramis Pekkan defalarca kez kulağıma "Bana yalan söylediler, kaderden bahsetmediler" diye seslendi durdu. Hak verdim ona. Ona hak verince kendime de hak vermiş oluyordum; bana da yalan söylemişlerdi çünkü. Hem de birçok kişi, birçok kez bana yalan söyleme dediğim halde yalan söylemişlerdi. Artık bunları düşünmek istemiyordum fakat şarkıdan da bir türlü vazgeçemiyordum. Bu kez de "İki el bir baş verdiler" kısmına takıldım şarkının. Evet, iki el ve bir başım vardı. Hangisinin olmaması daha fena diye düşündüm. Karar vermek biraz zordu ama niyeyse ellerimin olmaması her şeyin sonuymuş gibi geldi. Gitgide daha beter oluyordum. Babamın berbere verecek parası olmadığı için küçükken saçlarımı kesmesi gibi bir şeydi hissettiğim: Saçımın bazı yerleri kısa, bazı yerleri de çok uzun olurdu ve bundan utandığımı babama söylemezdim. Çünkü parası yoktu. Çünkü babam bunun için zaten yeterince üzülüyordu; biliyordum bunu. Aklımda canlanan her şey ölüydü artık. Ölülerin arasında yürüyordum. Kendimi güç bela kitapçının içine attım. Yeni çıkan kitaplara baktım hızlıca. Bir sürü tanıdık yazar ismi vardı ama hiçbiri bana bir şey söylemiyordu, hep aynı şeylerdi. Gözlerimi raflara diktim yine. İsmini duymadığım bir kadın yazarın kitabına ilişti gözüm. Kitaba biraz uzaktan baktım. Sonra elime aldım ve yazarını düşünmeye başladım. Acaba kadının ayak bilekleri ince miydi? Tüm mesele buydu sanki. Ahlaksızca mıydı bunu düşünmek? Belki... Fakat bunu neden yaptığımı biliyordum: Birkaç gün önce sevgilimle oturmuş ve kadınlarda neyin güzel göründüğü hakkında konuşmuştuk. "Bana göre bir kadının en güzel yeri ayak bilekleridir; ayak bileklerinin ince olması inanılmaz hoş" demiştim. Onun ayak bilekleri kalındı. Hiçbir şey söylemedi bana. Yalnız, gözlerini masanın üstündeki peçeteliğe çevirmiş ve bir müddet öylece durmuştu. Ayak bileklerinin ince olmasına önem vermem benden ayrılması için yeterli bir sebep miydi? Belki de... Ama ben onu ayak bilekleri kalınken de seviyordum?

Kitapçıdan çıktım. Aynı şarkıyı açtım. Biraz daha yürüdüm. Farkında olmadan insanları kırıyordum, bunun farkına vardım. Birkaç gün önce sevgilimi, hemen az önce de kitabını aldığım kadın yazarı kırmıştım. Ya kendimi? Kendimi ne için kırmıştım en son? Biraz düşündüm; en eski sevgilim geldi aklıma. İlk onun için kırılmıştım. En çok onda kırılmıştım. Şehrin mezarlığı bendim sanki. Beni kıranlar, kırdıklarım, ben ve her şey yan yana uyuyorduk.

Ölüler nasıl iyi olurdu? Bildiğim birkaç dua var ama... Yeni bir kitap almak da iyi gelmedi bana. Yaşadığım her şeyi biraz daha düşünmeye karar verdim. "Aldattım seni, affet ne olur" diye açmıştı telefonu. Ağlıyordu. En son pazar günü görüşmüştük. O gün bağırıp çağırmış ve bir şeylerin bittiğini ancak neyin bittiğini bilmediğini, sadece artık eskisi gibi kendini bana yakın hissetmediğini söylemişti. Olabilirdi bu; mümkündü. İnsan, bazı zamanlar kendini kendine bile yakın hissedemeyebiliyordu. Üstüne gitmedim, düşünsün istedim. Çarşamba sabahı olduğunda buluştuk. Aynı yerde. Hep oturduğumuz masa da boştu. İki sütlü kahve istedik. Kahveyi içecekmiş gibi oturuyordum masada. Ama hiç içmedim, bir yudum bile. Sadece nasıl olduğunu anlatmasını istedim. Sarhoş değilmiş, yalnız hissediyormuş kendini. Tek başına gelip buraya oturmuş... Sonra da karşı masada oturan birinin sürekli ona baktığını fark etmiş. Önce başını eğmiş falan. İçinden "Hayır, bunu ona yapamam" diye geçirmiş. Ama ne olduysa gözlerini kaçırmamaya başlamış bir süre sonra. Adam da cesaretlenmiş ve gelip masasına oturmuş. Kahve içmişler. İki şekerli. Şekerine kadar anlatmasını istedim çünkü. (Ben de iki şeker attım hemen kahveme.) Daha bir sürü şey anlattı. Niyesini, nasılını ve aslında kimsenin duymak istemeyeceği birçok şey anlattı. İstedim çünkü. Fakat hiç bağırmadım, sesimi bile yükseltmedim. Hesabı isteyip tuvalete gittim. Aynada baktım kendime. Yüzümü yıkadım. Ellerim buz gibi olmuştu. Sırtımı el kurutma makinesinin hemen yanına yaslayıp dinlendim biraz. Dışarı çıktım sonra; ona baktım. Hesabı ödemiş, gelmemi bekliyordu. Gitmedim yanına. Veda etmedim. Beni tüketmesine izin veremezdim.

Saatlerdir yürüyordum... Ellerim yine buz gibiydi. Ellerimi kaybetmekten korktum. Aldığım kitaba baktım ama yazarından az önce aklımdan geçirdiğim şeyler için özür dilemedim. Aklımdan geçirdiğim her şey ölüydü zaten. Yazarın ayak bilekleri ince olmalıydı. Olmazsa da sorun etmezdim. Olursa güzel olurdu sadece...

Aylar sonra sesini duyduğumda, "Benden bunu niçin aldın, inan değmezdi hiçbir dünya telaşına" demek istedim ama susup sesine sarıldım sadece.

Dışa kapalıyım, bunu kabul ediyorum. Çünkü yeniliklere öyle çabuk alışamıyorum. Yeni insanlara, yeni evlere, yeni mahallelere, yeni mahalle bakkallarına, otobüs duraklarına, yeni yollara... Bavulu kapının hemen yanında duranlardan olmadım hiç. Eşyalarımı o bavulun içine koyduysam da katlanmış ve özenli değildi hiçbiri. Elime geçtiği gibi doldurdum içine. Hazırlıksızdım yani. Ayağımı kanepeye uzatıp olduğum yeri benimmiş gibi sahiplenmeyi sevdim. Yani son ana kadar direnmeye çalıştım gitmemek için. Her zaman, evin duvarlarında isler olmasını ve badana yapacak kadar zamanımın geçmesini istedim o evde. Olmuyor fakat. Çünkü kalmak, bir kişinin istemesiyle olan bir şey değil. Bu yüzden gitmek gerekiyor kimi zaman. Şu lanet hayata sıfırdan başlamak hikayesine gelince, defalarca yaşadım bunu. Ve aslında sıfır dediğimiz o rakam, aslında hiç de sıfır değil. İnsan, nereye giderse gitsin, yeni bir şeye yer bırakamayacak kadar yorgun ve dolu oluyor bazen.

Bir kutlamada, bütün sokaklarına kusulmuş bir şehir gibi uyandım. Kediler içimde çöpleri karıştırıyordu sanki. Bir kamyonun fireni boşalmış da kafadan bana dalmış. Dağıtmış beni. Benimle beraber büyüyen yüz yıllık ağaçları kesip yerlerine ucube gökdelenler dikmişler. İçme suyuma kanalizasyon karışmış ve o pis koku sinsi sinsi sarıyor her yanımı. Boğuluyorum. Biri yanımdan geçerken bana çok ihtişamlı sövmüş ama arkamı dönüp baktığımda sırıtarak kalabalığın içine karışmış ve insan selinin içinde kaybetmişim onu. "Söylediklerinin hepsi sensin!" bile diyememişim.

...

İstiklal caddesine ne zaman uğrasam böyle oluyordum. Birbirini ezmek için yürüyen insanların arasından geçip ara sokaklara girerdim her zaman. Cadde üstündeki otellere nispeten daha ucuz otellerin olduğu ara sokaklara. Suriye'lilerin, Afgan'ların, bilmem yetmiş iki milletin bir arada olduğu sokaklara... Koyu esmer tenli kadınlar, dar pantolonlar, iri sürmeli gözler, çıplak ayaklı çocuğunun elinden günün hasılatını koparırcasına alan yine esmer tenli adamlar...

Anlamadığım birçok yabancı dilin arasından sessizce süzülüp geçerken gözlerimin önünde flaşlar patlarmış gibi bütün geçmişimi düşünürdüm. Her sokağına kusulmuş o şehir bendim. Benden başka herkes benim hayatımla eğlenmiş. Gülmüşler, uyumuşlar, yemek yemişler, yürümüşler, küfretmişler, bağırmışlar, gelmişler, gitmişler ve ben de izlemişim. Aceleleri varmış duramamışlar daha fazla. Ama benden giderken de yerlerini kendi tanıdıklarına vermişler yabancıya gitmeyeyim diye. Hepsi aynıymış. Onlar da gülmüşler, uyumuşlar, yemek yemişler, yürümüşler, küfretmişler, bağırmışlar, gelmişler, gitmişler ve ben de izlemişim yine. Canımın acısı hiç hudutlarımı aşmamış. Kendi evlerinde terlikle dolaşırken benim evimde çamurlu ayakkabılarıyla dolaşmışlar. Temiz sabun kokan çarşaflarım bile kalmamış, kirletmişler hepsini. Buzdolabında ne varsa götürmüşler. Bir kişi hariç...

Döndüm hemen o şehirden. Kalamadım daha fazla. Göz açıp kapayana kadar iki sene geçmiş aradan. Ara sıra dinlediğimde kendimi, etraf şöyle sağlam sessizleştiğinde ya da konuşulanlar ilgimi çekmediğinde veya tam kafamı yastığa koyacakken, es kaza bir meyhane camında "cenaze nedeniyle kapalıyız" yazısını okusam, hava biraz sıcak olsa, üşüsem, sigaranın dumanını dudaklarını titreterek üfleyen bir kadın görsem, adı bir yerde geçse, hatta bir başka insana da onun adıyla seslenildiğine rastlasam... Tir tir titriyor bedenim. Saklayamıyorum özlediğimi. Ne yapayım? Daha dün gibi işte. Hani yeni kesilmiş etin o korkutucu sıcaklığı geçmemiş kalbimden. Tanıdıklarıma artık sormayı bıraksınlar diye "Bitti artık, kaç yıl geçmiş aradan" desem, herkes üstüme çullanır muhakkak. Onlar da inanmıyorlar. Vazgeçmiyorlar bir türlü. Kendilerince bir umut var hala. Çok yakışırdık birbirimize.

İrfan çağırdı o gün. "Bir hafta oldu geldiğinden beri yüzünü göremedim hayırsız! Konur Sokak'tayım, her zamanki yerde. Gel de iki muhabbet edelim" dedi. Yorgundum aslında, keyfim de hiç yoktu. Ama kıramazdım onu. Bir hafta olmuş evden adımımı atmamışım. Saç sakal birbirine girmiş. Dolaptan ütüsüz siyah bir t-shirt bir de pantolon aldım. Giydim üstümü mecbur. Çıktım dışarı. Anahtarı evde unutmadım bu kez. Şaşırdım önce. Sonra düşününce kendime kızdım. Unutuyor muydum onu? "Nasılsa çantasında anahtarı vardır" diye anahtarı hiç dert etmez ve unuturdum evde. Gelir açardı kapıyı. Yemek yapardık beraber. Küçücük ev dışarıdaki tüm dünyadan daha geniş olurdu. Sanki hep Mayıs evin içi. Koridorda kiraz ağaçları var. Dalından koparıp takıyorum onun kulaklarına. Çocuk oluyoruz. Hep çocuk oluyoruz.

Unutmamıştım bu defa anahtarı. Başka bir ev olsa mesele değil ama burası farklı. Beraber yaşadık bu evde. Kendime kızarak gittim. Volkan kapıda karşıladı. Oranın şef garsonu. Eskiden olduğu gibi samimi "Hoş geldin, nerelerdesin sen hayırsız? Dedi tıpkı İrfan gibi. "Bu gün kahveler benden" diye devam etti. Güldüm. Özlemişim onunla konuşmayı. Masalara baktım. Tıka basa dolu her yer. İrfan da yok ortalarda. "Nerede İrfan?" dedim, Volkan kolumdan çekerek en dipteki masaya götürdü beni. Masanın yanına gelince birdenbire küçüldü dünya. Bütün eşyalar esneyip genişledi aniden. Başka bir boyuta geçtim. Sıkıştırılmış altı yıllık bir zaman diyarına...

"Hoş geldin," dedi dudaklarını titretip sigarayı içerken. Ayağa kalktı. Sarıldı. Bin yıldır görmemiş gibi sarıldı. Aynıydı kokusu. Elim sırtına gitti. Saçları değdi yüzüme. Sarılırken "Firuze" dedim usulca. Yeni doğmuş da adını ona ben veriyormuşum gibi fısıldadım kulağına.

Derin bir nefes aldım. "Firuze" dedim yine... İki olmuştu. Bir kez daha... "Firuze..." dedim. "Çok özledim seni."
Güldü. "Bu ne hal" dedi. Sakallarıma dolanan saçlarını aldı usulca. Oturduk aynı anda. Yan yana değil, karşı karşıya bu kez. Masanın üstündeki küllüğe baktım. Dört sigara içmişti ben gelene kadar. Az evvel adını vermiştim ama başka ne diyeceğimi bilmiyordum. Sanki ilk kez görüyormuşum gibi bir his. Yabancı değil ama aramızda bir şey var. Yıllar mesela... Gözlerinin kenarında küçük çizikler filizlenmiş. Yanakları hala Mayıs ama... Kıpkırmızı. Yağmur değmemiş topraklar gibi değil, canlı, çocuk, o şımarık gülümseme de aynı.
Volkan geldi yanımıza. "Bir şey istiyor musunuz" diye sordu. Sustuk ikimiz de. Bizi rahat bırak der gibi baktık. Onun da "Konuşun da şu işi çözün artık" der gibi bir hali vardı. O da inanmıyordu bitirdiğimize. Ama ben anahtarı unutmamıştım evde. Elimi cebime soktum. Anahtarı yere atmak istedim tıpkı bir cinayet aletini polis gelmeden ortadan kaldırmak istermiş gibi. Birer sigara yaktık. Yanakları hala Mayıs... Elimi uzatsam kirazları takacağım kulaklarına. Cebimdeki anahtar iyiden iyiye bacağıma batmaya başladı. Lafı uzatmayı hiç sevmezdi. "Nasıl yapıyorsun peki?" dedi. Anlamadım haliyle. Yüzüne aval aval baktığımı görünce "Anahtarı" dedi. "Şimdi buradan kalkıp eve gitsen dışarıda kalırsın. Unutmuşsundur yine sen."
Güldüm. Yalan söylesem anlardı zaten. Ondan bir şey saklamak mümkün değildi, biliyordum. "Unutmadım" dedim. "Ne seni, ne de anahtarı unutmadım. Kalkalım mı artık?" diye garip bir cesaretle devam ettim konuşmama.

Dumanı üflerken dudakları titredi yine. Gözlerini kısarak konuşurdu bazen. O zaman ne söyleyeceğini kestiremezdim, tekin olmazdı hiç. Aynısını yaptı. Gözlerini kıstı. Sigarayı küllüğe basıp "Başka zaman olsa anahtarı evde unutmaman hiç iyi olmamış derdim ama şimdi bu durumdan gayet memnunum. Seni evde bekleyen biri yok demek ki" dedi.

İrfan geldi aklıma. Muhtemelen pis pis gülüyordu şimdi. Telefonum da çalardı birazdan. Kapattım telefonu. Merak etsin istedim ne olduğunu.

BAZILARI UZAKTAN SEVER *Halis Karabenli*

Yaşadığın hayal kırıklığı ve yorgunluk bir müddet sonra geçiyor. Hatta her şeyi unutup hayata sıfırdan başlamak da mümkün. Ama birine inanmak meselesine gelince, bunun için birkaç hayat daha lazım kuşkusuz.

Yalnız göründüğüm sürece yalnız değilim. Ama ne zaman birinin elinden tutsam, yanında getirdiği bir sürü insanın içinde yalnız kalıyorum.

İnsanın kafası rahat olmayınca yaşadığı sessizlik de çok rahatsız edici oluyor. Dertsiz tasasız ve hiçbir şey düşünmeden ayaklarını uzatıp sırt üstü yatarkenki sessizlik farklı, aklında onlarca şey birbiriyle kavga ederken ya da sarılırken yaşadığın sessizlik ise çok farklıdır. Hoş, ilk bahsettiğim sessizliği şimdiye kadar hiç yaşamadım. Sadece bir tahminde bulunuyorum: Hani bazen hiç bilmediğiniz bir şeyi hayal ederken muhakkak öyle olmalı diye içinizden geçirirsiniz. Benimki de öyle işte. Oysa benim aklımda her zaman oradan oraya göç eden kırlangıçların kanat sesleri olur mutlaka. Onlar ne kadar özgür olursa olsun ben tam aksine tutsağımdır. Belirli bir şeye de değil; sıradan, kimsenin önemsediği küçük ayrıntılara, yere atılmış ekmeklere, metroya binerken insanların birbirini ezmesine mesela. Hep değişir bunlar. Yaşadığım, yaşamadığım, ucundan döndüğüm ne varsa konuşmak için yalnız kalmamı bekler. Üstelik böyle durumlarda insanın diline hakim olması ya da elleriyle kulaklarını kapatması da hiçbir işe yaramıyor. Çünkü olan biten her şey kendi içinde oluyor. Sonsuz bir düzlükte yapayalnız yürüyormuş hissine kapılıyorum fakat sesler gitmiyor yanımdan. Bir süre sonra da çaresiz teslim oluyorum seslere. Anlatın, diyorum içimdeki seslere ve onlar da susmak bilmiyorlar. Gerçek zamanlı bir geçmiş yaşıyorum. Her şey ete kemiğe bürünüyor. Yüz yıllardır içimde gömülü duran ölüler uyanıp konuşuyor benimle. O düzlükte yürümeyi bırakıp olduğum yere uzanıyorum. Biliyorum, kaybetmek böyle bir şey. Ama direnmek istemiyorum. Bu yüzden böyle yapıyorum. Ve içimden bir ses "Benim gibiler gitmek için gelmez, bunu neden ona anlatmadın" diye, aynı soruyu her gün bıkmadan usanmadan soruyor. İçimde eski model bir gardırop konuşuyormuş gibi. İhtişamlı zamanlarını çoktan geride bırakmış, bunun farkında bile değil aslında. Böyleyim ben; içim çürümüş gibi kokuyor. Yalnızım. Sahi; neden ona "Benim gibiler gitmek için gelmez" dememiştim? Ya bende kalırsa korkusu muydu bu? Ya bende kalsaydı, ne olurdu? Ben kalırım da o gider miydi bir zaman sonra? Bilmem... Denemedim bunu. Kapıyı aç, sarılacağım sana diyemedim. Bekledim biraz evinin önünde. Sokak lambasının sarı ışığının altında bitkin yüzümle oynadım. Yola bakan mutfak penceresinden mutfağa gelmesini izledim. Ne yapıyordu mutfakta? Yemek mi hazırlıyordu? Yanına gitsem bir tabak da bana? Sarılırdım da... Bunu çok seviyorum çünkü. Sarılmayı. Öyle teslim olmayı. Ama gitmedim yanına. Saklandım.

Zaten kendimden başka herkesten güzel saklanırdım. Varlığımın hissedilmesi beni öldürecek gibiydi. Peki; yaşıyor muydum? Bilmem... Hazır değildi dünya buna belki de. Ben de hazır değildim. Büyük, modası geçmiş bir gardıroptum ben. İçimde gidenlerin unuttukları asılıydı. Korkuyordum. Söylemedim ona "Benim gibiler gitmek için gelmez" diye. Sevgilim bağışla... Gelmeyi de bilmiyordum.

Göğe bak. Dua et. Hayatı sev. Şarkı söyle. Büyüme. (Hiç büyüme) Yağmurda yürü. Baharı sev. (Baharı çok sev) Güz gelince hüzünlenmekten utanma. (Sebebini biliyorsun bu hüznün ve hala seni çok seviyorum) Hatırla. ((Unutma) Asla unutma) Kendin için yap ne yaparsan. Gülümse... Gülümse... Gülümse... (Öyle çok güzelsin)

Hiçbir şey göründüğü gibi değil. Ama göründüğü gibi olmadığını görecek kimse yok. Ya da işine gelmiyor herkesten farklıyım diye gelenin.

Sırtıma batan şeyin ne olduğundan bahsetmek isterim müsaitseniz diyecek gibi olup anne saçlarım çok beyazladı dedim hiç alakasız ve sustum yine. Çıktım evden. Sonra yan masada konuşulanları dinledim ahşap bir sandalyeye sırtımı dayayıp. Küçümsenecekti acılarım, güldüm ve duvarlarıma tırmanan örümceklere şefkatle sarıldım biraz daha.

İnsan yarasından utanmaz.

İnsan kimi zaman yarasına ateş basar hemen geçmesin diye.

İnsan yarasına Barbra Streisand'ın Woman in Love şarkısını üfler.

Erimiş demirin akışkanlığı var ellerinde diye bir başlangıç yapabilirim yahut dünyada tek bir kiraz tanesi kalsa yemin ederim onu sana verirdim diye de anlatabilirim. Hangisi daha içten senin için? Bana sorarsan, ki muhtemelen soracaksın, -keşke sormasan ve anlasan beni- bak, ben bir şeyleri itiraf edemeyecek kadar doluyum, anlıyor musun? Ama her iki cümle de aynı yere çıkar. Dünyaya bir daha gelsem, bir kenara çekilip "Ben kavga etmek istemiyorum" derim sadece. Dur bir dakika; şunu da araya sıkıştırayım dilersen; kalbimden büyük tonajlı kamyonlar geçiyor sen bana bakınca. Ki böyle ve bunun gibi bir sürü sevme şekli vardır ama tüm mesele buna inanıp inanmamaktadır işte. Burnunun üstünde duran siyah noktayı sıkan biri seni seviyordur mesela. Bak, ben yine doluyorum bir şeyleri itiraf edemeyecek kadar.

 Ağlayalım mı beraber? Derinden akan bir öfke dışarı sızmak için en uygun anı kollar muhakkak. Bir daha yenilmemek için bu yüzden diri tutar insan yarasını ve aklından çıkarmaz yaşadıklarını. Bu, özlemek veya pişmanlık değildir: Çünkü intikam, yalnızlık, tırnak uçlarına kadar bilenmiş ve kıyısından yüz bin defa dönülmüş bir intihar seğiriyor gözlerimde. Hep nükseden ve emri vaki bu ağrı bende başladığından beri sırtıma batan şeyin ne olduğundan bahsetmek isterim müsaitseniz diyecek gibi olup susarım annemin karşısında bile. Şimdi dünyada tek bir kiraz tanesi kalsa yemin ederim onu sana verirdim diye başlasam anlar mısın beni? Yetmezse şunu da ilave edebilirim yine; kalbimden büyük tonajlı kamyonlar geçiyor sen bana bakınca. Ki böyle ve bunun gibi bir sürü sevme şekli vardır ama tüm mesele buna inanıp inanmamaktadır işte... Bak, ben yine doluyorum bir şeyleri itiraf edemeyecek kadar.

"Niye bu kadar kolay vazgeçiyor ve hemen her şeyden soğuyorsun" diyenlere yorgun olduğumu anlatmıştım. Soru da, cevap da hiç değişmedi.

İnsan her şeyden tamamıyla sıyrılamıyor. Ne büsbütün bir öfkenin, ne sevincin, ne hüznün, ne de boşluğun içinde olduğumu söyleyemem. Çünkü ne kadar geç olursa olsun uyuyorum. Bir saat, iki saat veya daha fazlası... Ama neticede uyuyorum. Unutma hali işte. Aklımın biraz olsun dinlenmesi. Ya da son ödeme tarihi yaklaşan elektrik faturasını, telefon faturasını, bilmem ne faturasını hatırlıyorum mutlaka. O zaman bu ne? Her şeyden biraz olduğu halde bende hiç olmayan bu şey ne? Ya da ne olduğunu biliyorum ve aslında kendime belli etmek istemiyor ve arıyor gibi yapıyorum onu. Mesela televizyon kumandası gibi bir şey. Düğmeye basınca sahte de olsa beni her şeyden uzaklaştıracak bir şey. Ya da tam tersi: Bütün gerçekleri acımasızca yüzüme vuracak simsiyah bir şey. Çok net. Kuşku barındırmayan, "Kime ne anlatıyorsun? Sen busun işte!" diyecek kuvvetli bir şey..

Bir çeşit yüzleşme yani. Bir günlüğüne olabilir bu. Yahut bir saat ya da bir an... Evet, bir an bile yetebilir bu yüzleşme için. Beni alıp götürsün istediği yere ve simsiyah olsun her şey. Beyaz olmasın. Mümkün olduğu kadar kir saklasın. Çünkü gerçeklerin çok rahatsız edici olabildiğini gördüm. Dudaklarımı yerinden kıpırdatamadığım zamanlarda yaşadım bunu en çok. İşte o zaman susmak, gerçeklerin gizlenmesinden başka bir şey değildir. Küçük bir itirafa ihtiyacım olduğunda ve bu itirafın beni iyileştireceğini bildiğimde sustum. Çünkü iyileşmek bir şeyleri tamamen kaybetmek anlamına gelebiliyordu. Acıyı son zerresine kadar yitirmek ve elini duvarlara amaçsızca sürerek yürümek yolda, kimseye çarpmadan insanların yanından geçerken görmeyi çok istediğin birini görme ihtimali ile korkuyla etrafı izlemek... Yavaş yavaş çürümek gibi bir şey bu. Dışarıdan sapa sağlam gözüküp içinde ağrılar taşımak ve bunu hep hissetmek. Yani insanın, acıya sebep olanın bile haberi olmadan acısını sevmesi. Her şeyden biraz varken, en çok istediği şeyin artık hiç olmama durumu... Anıları yitirme korkusu. Çünkü anılar birikir ve insan olur gerçeğini öğrenmek. Elini tutmak ister acının: Simsiyah bir şey bu. Gözlerine baka baka ağlamayı istemek. Kıvrılıp yanına uyumak. Işıkları söndürüp susmak müthiş bir sessizlikte. Suyun kenarına gelip timsahlardan korkarak su içen bir ceylanın ölümle susuzluk arasında yaptığı tercihte susuzluğun daha ağır basması ve ölürken bile "buna değer" dediği suyu içmeye çalışması gibi bütün kemiklerin un ufak olurcasına sarılmak, sarılmak, teslim olmak ve timsahın dişlerinin arasında parçalanırken garip bir mutluluğu tüm hücrelerine kadar hissetmek. Ya da tam tersi: Yaşamak için ölüm riskini alacak kadar hayatı sevmek ve yine sarılmak, sarılmak, teslim olmak ve buna değer deyip timsahın, yani hayatın gözlerine bakarken etrafa korku salmak. Bir çeşit yüzleşme yani. Simsiyah bir şey. Çok net. İçinde en ufak bir kuşku barındırmayan bir gerçek: Yalnızım mesela, ben çok ihtişamlı kaybettim diyebilmek. Birikip, insan olan geçmişi yanında götürmek.

Susuyoruz. Ne sözümüze ne de kalbimize rağbet edilmedi çünkü.

Kendimi ne zaman bir açmazın içinde hissetsem çok sevdiğim birini ya da onunla geçirdiğim zamanı düşünürüm mutlaka. İlk başlarda iyi eder bu beni. Mesela çocukken iki kız kardeşimle korku filmi izledikten sonra ışıkları kim kapatacak diye kavga etmemiz gelir aklıma. Çünkü çocukken korku filmini karanlıkta izlemek pek kolay bir şey değildi ve bu yüzden ışıklar açık olurdu tabiatıyla. Fakat nihayetinde film bitince ışığı kapatma işini birinin yapması gerekirdi ve genelde de ihale bana kalırdı. Ne de olsa erkekliğe bok sürdürmek diye bir şey olmazdı. Ben de mecbur koşarak gidip ışıkları kapatır ve yine koşarak yatağın içine iki metre geriden atlayıp yorganın altına saklanırdım. Sanki katil evin içindeymiş de sıradaki kurbanı benmişim gibi hissederdim. Yorganın altına saklanınca eli kanlı katil Freddy Krueger bulamazdı beni. Saçma da olsa bazı şeyler güven verir insana. Hani teke tek kavga etseniz ağzınızla burnunuzun yerini değiştirecek birine yanındaki arkadaşlarla kafa tutmak gibi... Güvenmek işte... Fakat bu düşünceler de çabucak geçiyor artık. Sevdiği şeyleri hatırlamak da bir yere kadar idare ediyor insanı. Güzel zamanları düşündükten sonra şimdiki zamana ve mekana dönmem pek uzun sürmüyor. Zaten bazıları fazla kalamaz hiçbir yerde. Kendi geçmişiniz de olsa böyledir bu. Hem bilirsiniz: Kaybedilen ya da bir daha yaşanması mümkün olmayan şeylerin verdiği hasarın acısı da çekilir türden değildir. Hatta gün gelir ve hiç yaşamamış olmayı bile dileyebilirsiniz. Öyle kuvvetli acı verir işte. Artık büyüdük, kardeşlerim başka evlerde. Ara sıra o günleri yad eder ve güler geçeriz, o kadar. Her şey değişti. Korkuyla izlediğim filmler de yok. Zaten filmlerde korkulacak bir şey de yok. Filmlerde katil öldürüyor, işi bu. Bir de filmin esas kızının gözünü boyamak için katili öldüren kıytırık bir kahraman var, genelde böyle oluyor. Güya "kötüler kazanmaz" mesajı veriyorlar. Ama hayat öyle değil; kötüler kazanmasa bile kaybettirdiği çok şey oluyor. Üstelik kıytırık da olsa sizi kurtaracak bir kahramanla rastlaşamıyorsunuz her zaman. Ne yaparsanız kendiniz yapmak zorundasınız. Işığı kapatmak meselesine gelince: Bu olay hala devam ediyor benim için. Çünkü yaşadıkça anlıyor insan: Korkulacak katiller filmlerde değil; insanın ya içindeymiş, ya da içine sonradan dahil olan biriymiş. Ve bu katilden yorganın altına girip saklanmak da mümkün değil. Yerini biliyor, nereden vuracağını da iyi biliyor. Yine bir açmazın içindeyim, gidecek yerim yok, gitmek istediğim bir yer de yok bu kez. Erkekliğe bok sürdürmek sayın isterseniz bunu ama, biri gelip içimin ışığını kapatsın lütfen. Her şeyi mahveden bu insanlarla göz göze gelmek istemiyorum artık.

Artık seni sevmiyorum, diyemem. Fakat içimde, o ilk başlardaki sevinç yok. Nasıl feci bir sona sürüklendik bilmeden? Bu, daha fena değil mi?

Uzaktayız. Sesim bunun için bulutlu, umudum bunun için tükendi. Sevgilim; unutalım artık, ne olur.

Şehrin üstü gökyüzünde asılı duran ateşten bir denizle kaplı gibiydi ve ateş denizinin içindeki ışıklardan bazıları cehennemden kurtulmak istercesine sessiz çığlıklar atarak yanıp sönüyorlardı. Ve sanırım sönüp bir daha yanmamayı becerebilen ışıklar her şeyi göze alarak ölen ışıklardı, öyle düşünüyordum. O kadar ışığın içinde bir tutsak gibi yaşamayı reddeden ışıkların muhteşem gösterisi çok hoşuma gitmiş, özgür iradelerini böyle kullanmalarına da ayrıca hayran olmuştum. Ölen evler, ölen evlerin içlerindeki ölen yataklar, ölen mutfaklar, ölen umutlar, ölen sesler, salonlar, ölen tabaklar, ölen koltuklar, ölen yastık kılıfları ve dahası, kim bilir? Ne güzel bir seçimdi bu. Aslında ben de tıpkı onlar gibi yapabilirdim: Direksiyonu hafifçe sola kırıp hızla gittiğimiz sol şeridin hemen yanındaki bariyerlere küçük bir dokunuş yaparak önce takla atar, ardından metrelerce yerde sürüklenip arabanın kaportasının zifiri karanlıkta asfalta sürtenerek çıkardığı kıvılcımların arasından garip bir haz ve belki de daha çok korkuyla tıpkı o ışıkların yaptığı gibi kendi ölümümü kendi özgür irademle seçer, sonra da yaptığım şeyden en ufak bir pişmanlık duymadan orada yok olurdum. Ama yanımdaki kadın? O istiyor muydu bunu? Onu da öldürmeye hakkım var mıydı? Peki, yaşıyor sayılır mıydık?

Hiç konuşmadan yavaş yavaş yaklaştığımız bu denizi ikimiz de izlemeye başladık. Ankara'ya yirmi kilometre kalmıştı. Birbirimize son bir şans daha vermek için çıktığımız bu tatil de işe yaramamış ve aksine her şey daha kötü bir hal almıştı. Bagajda duran bavullar kadar bile birbirimize yakın değildik. Ben, arabayı kullanıyor olmanın verdiği mecburiyetle ve ön camdan dikey bir bakış açısıyla ateş denize doğru bakıyordum, o da, yine benim gibi ön camdan benim baktığım yöne bakıyor gibi bakıyordu. Belki aynı şeyleri düşünüyorduk, belki de ikimiz de çok farklı şeylerin içindeydik. O an, bunu bilmek pek mümkün değildi. Zaten uzun zamandır kahvaltı masasında olmasını istediğimiz zeytinin çeşidinde dahi anlaşamıyorduk. Her konuda o kadar yabancı olmuştuk ki birbirimize, aynı yatakta uyuyup uyanmak bir yana, seslerimiz dahi birbirine çarpmadan bir odadan başka bir odaya geçiyordu. Bir şey söylenecekse ben onun arkasından sesleniyordum, o da hiç duraksamadan yürürken bana cevap veriyordu. Hep bir boşluğumuzu kolluyor, içine düştüğümüz ancak kurtulamadığımız bu şeyin ne olduğunu sorgulamaktan yorgun düşüyorduk. Fakat bunun böyle sürüp gitmesi de mümkün değildi. Bir sabah, duyacaklarımdan korktuğum halde tüm cesaretimi topladım ve gözlerinin içine bakarak "Ne oldu bize?" diye sordum. Sesimdeki endişe belli olmasın diye çok keskin ve ani bir başlangıç yapmıştım, sanırım o da bunu anlamıştı. Sustu önce. Biraz daha sustu. Vücudunun tel tel olduğunu gördüm. Çok gergindi. Alnının üstüne düşen saçlarını ikide bir parmak uçlarıyla düzeltiyordu. Mavi gözlerinin üstüne büyük binaların gölgesi düşmüş gibiydi ve bakışlarında ışık namına bir şey yoktu. Mat bir mavi, gri bir beyazın içinde var olma çabası gösteriyordu, o kadar. Aynı zeytine en az on kez çatalı batırmasına rağmen bir türlü tabaktan alamadığı zeytini ölümünü bağışladığı bir mahkum gibi azat edip çatalını da bir savaşın sonunda yenilen bir askerin silahını umutsuzca düşmanına teslim etmesi gibi vazgeçmiş bir yüzle masaya bırakmasıyla konuşması bir oldu. Nihayet o da benim gözlerime bakıp inançsız bir ses tonuyla "Bilmiyorum" dedi. Sanki tek bildiği kelime buymuş gibi: Bilmediğini bilmek... Söylenecek başka hiçbir şey yokmuş gibi. Ama dürüsttü bu konuda, gerçekten bilmiyordu. Biraz bekledikten sonra bilmediğini pekiştirmek istermiş gibi konuşmasına devam etti: "Gerçekten bilmiyorum. Sana neden dokunamadığımı, neden konuşamadığımı, bana neden dokunamadığını, neden benimle konuşamadığını gerçekten bilmiyorum. Az önce sorduğun sorunun cevabı bende yok! Sende olmadığını da biliyorum..."

 Oturduğu sandalyeden kalkıp saçlarını bozan ve dahası pencereyi bütün hıncıyla çarpan rüzgarın içeri girmesini önlemek için pencereyi kapatmaya gittiğinde yürüdüğü iki metrelik mesafeden nasıl yürüdüğünü izledim. Bunu bile unutmuştum. Parmak uçlarına basarak yürümesi, nerede olursa olsun bana buzun üstünde kayan bir kuş tüyünü hatırlatırdı her zaman. Öyle naifti ki... Yine aynısını hissettim. Başka şeylere de benzetirdim yürümesini: Parlak çakıl taşlarının arasından akıp giden berrak bir su gibiydi ayakları. Bir bebeğin ilk gülümsemesi gibiydi bazen de; huzur dolu... Ayak parmaklarına ekseriyetle sürdüğü kırmızı ojenin rengi, şehrin bütün yollarındaki bütün arabaları ve hatta bütün canlıları aynı anda durduran bir trafik lambasıydı. Bunu görmek dahi benim için hayatın durması anlamına geliyordu. Ve yerinden kalkarken üstündeki beyaz sabahlık rüzgarın son bir darbesiyle hafifçe havalandığında gördüğüm diz kapaklarına bakarken yine uzun zamandır ona dokunamadığımı düşündüm fakat onun da söylediği gibi ona neden dokunamadığımın cevabını bir kez daha bulamadım. Yürümesini, bu harikulade olayı önce izlemekle yetindim. Bu, saniyenin onda biri kadar bir süreydi galiba. Belki de daha kısa bir zaman... Fakat başka bir şey yapmam gerektiğini biliyordum. Ben de yerimden kalktım ve bir zamanlar duruşundan, konuşmasından, gülümsemesinden, ağlamasından, meraklı meraklı sorular sormasından ve saatlerce bıkmadan konuşmasını dinlemekten heyecanlandığım kadının yanına gidip sırtından sarıldım. Kendimden nasıl bu kadar emin olduğumu anlayamamıştım. İkimiz için de büyük bir yangını başlatacak küçük bir kıvılcıma sahip olmuş olabilirdim. Onu istiyordum. Sıcaklığını yine hissetmek, muhteşem bir duyguydu. Geçmemeliydi bu, kalmalıydı öylece.

Nedenlerini hiç düşünmedim. Kuvvetli bir şehvet veyahut ona karşı duyduğum gerçek şefkat duygusuydu?

Bunların bir önemi yoktu. O an yapmak istediğim tek şey ona sarılmaktı ve bunu yapmıştım. Daha doğrusu, içimde konuşan o kısık ses bunu yapmamı söylemişti bana. Aslında içimde konuşan o kısık ses pencereyi kapatmaya gitmesinin esas sebebinin rahatça ağlayabilmek için olduğunu da bana söylemişti, bunu da bilerek gitmiştim yanına. Korkunç bir şeydi bu. Mutfak bir anda karanlık bir çukura dönüşmüştü.

Çıktığımız tatile de o gün karar vermiştik. Bu son şansımızdı. Ya her şey tamamen bitecekti, ya da bitirdiğimiz her şeyi bir kenara bırakıp yeniden başlayacaktık. Mümkün olması çok düşük bir ihtimal de olsa buna inanmaya çalışıyorduk ve hatta daha ileri gidip inanır gibi yaptığımız bu şeyden ikimiz de eminmişiz gibi davranıyorduk. İnançlı gibi görünen inançsız gülümsemeler, seslerimizin birbirlerine sarılır gibi yapıp aslında birbirlerine hiç dokunmadan yine aynı eskisi gibi ve fakat tek bir farkla birbirlerine yakınmış gibi davranarak ürkek ve çekingen ve hatta yalan dolu yakınlıklarıyla geçen birkaç günün ardından yola çıkmak için son hazırlıklarımızı yaptığımız sabaha kadar sürdü bu. Oyunlar oynuyorduk resmen. Ancak her oyun gibi bu oyunlar da bitmek mecburiyetinde idi. Oyunlarımız bittiğinde ise yeni bir oyuna başlıyorduk. Bütün oyunların ana konusu ise iyi gibi görünmekti. Mutlu gibi gülmek, mutlu gibi konuşmak, mutlu gibi yürümek, mutlu gibi sarılıp mutlu gibi dokunmak, mutlu beraber duşlar almak, mutlu yemekler yapmak, mutlu kirli çamaşırlar, mutlu peynirler, mutlu öpüşmeler, mutlu sevişmeler, gülümseyen perdeler, dışarı hangimiz çıkarsak çıkalım anahtarı yanına almadan çıkıp döndüğünde kapı ziline basarak kapının ardında bulduğu mutlu kirli sakallı bir adam ya da makyajı kusursuz bir kadın bulma oyunu; evimize bir de kedi alalım, bu bize iyi gelecek muhabbetlerinin mutluluğu, bakkalda son kalan ekmeği aldığımızda şansımızın döndüğüne inanmak mutluluğu, yorgun zeytinlere tek hamlede çatalı batırma mutluluğu, yaprağından büyüttüğümüz menekşenin çiçek açma mutluluğu, önceden izlediğimiz ve sevdiğimiz filmleri tekrar izleme mutluluğu, mutsuzluk mutluluğu, bizden başkalarının da mutsuz olduğunu gördüğümüzde onların mutsuzluklarının bize verdiği mutluluklar... Ama aramızda duran ve birbirimizden özenle sakladığımız acıya benzeyen bu şey bir türlü seyrelmiyordu. Evet, acıya benzeyen şey diyebilirim buna. Kimi zaman acı kadar belirgin, kimi zaman acı kadar keskin ya da kimi zaman acıyı silik bir hale getirmek için ortaya çıkmış sarı saçlı ve mavi gözlü tombul elleri olan bir kız çocuğuna dönüşen bu şey acı olabilirdi. Yahut daha dürüst olursam, çok kısa bir zaman sonra bir kaybedişi yaşama ihtimalinin verdiği korkunun kemikleşmiş haliydi. Bunun bir sürü ismi ve bir sürü benzetmesi olabilirdi? Ne fark ederdi?

Tatil için -yeni bir başlangıç yapmak için- ilk tanıştığımız şehre gitmiştik. Üniversite son sınıfta öğrenciydi o zamanlar. Ben de iş için sık sık İstanbul'a gidiyordum. Koca şehirde farklı şehirlerden gelmiş iki insanın aynı anda aynı yerde olmasının tesadüf olarak açıklanmasının mantıklı bir yanı olmazdı elbette. Bir şey bizi oraya çekmişti. Birbirimizi beklemiştik sanki. İlk başlarda kimiz de pek konuşkan insanlar değildik. Bu eksikliğimizi gidermek için gördüğüm her şeyin fotoğrafını çeker ve bu fotoğraflara kısa öyküler yazardım, o da, bir binanın on sekizinci katının balkon demirlerine tek eliyle tutunup her an kendini aşağıya bırakabilecek ve her şeyin hemen sınırında yaşayan -vazgeçmenin, sevmenin, ölmenin- bir kadının "kim ne derse desin umurumda değil" halleriyle gitar çalıp şarkı söylerdi. Daha sonraları alıştık birbirimize. Fotoğraflarım ve yazdığım şeyler onun şarkılarıyla birleşti. Okulu bitince de hemen evlendik. Şimdi tek istediğimiz o zamanlara dönmekti. Aynı yerlere gittik. İstanbul'daki ortak arkadaşlarımızla buluştuk. Büyük Ada'da kalmaya karar verdik. Aynı otelin aynı resepsiyonistiyle beraber eski günleri yâd ettik. Yaşlı bir adamdı resepsiyonist. Birkaç gün önce üçüncü torunu dünyaya gelmişti, onu anlattı bize. Adını Ömer koymuşlar. Zamane çocuklarına koyulan zamane isimleri gibi değişik bir isim vermemişler. Ömer, askerde çok sevdiği bir arkadaşının adıymış aynı zamanda. Adıyla yaşamalıydı Ömer. Bahtı güzel olmalıydı, bunları diledik gülerek. Günler geçti. Yine susmaya başladık. Yatağın bir ucunda o, diğer ucunda ben yatmaya başladım. Ankara'daki yakınlaşmamızdan eser dahi kalmadı. Olmuyordu. Uğraşıyorduk ama bir türlü olmuyordu. Sanırım bir şey bittiği zaman bitmesi için herhangi bir sebep gerekmiyordu bazen. İnce bir çizgiydi işte. Kırgınlık gibi ama tam olarak da kırgınlık sayılmazdı bu. Ve kırgınlıkla şaşkınlık da birbirine benziyormuş. Tuhaf tarafı, ikisi birleşince daha başka bir duygu oluyordu. Bu hallerimize ikimiz de şaşırıyorduk. Böyle olmamalıydık ve böyle olduğumuz için hem kendimize, hem de birbirimize kırılıyorduk. Ankara'ya döneceğimiz son gün yine sabah kahvaltısında birbirimizin yüzüne dahi bakmadık. Zeytinler yorgun değildi bu kez. İkimiz de bir tanesini bile yakalayamadık çatalla. Bavullar hazırlandı. Bavulların içinde de, kendi içimizde de tatile başladığımızdan çok daha fazla şey vardı. Birer ceset torbasını sürükler gibi otelden ayrıldık. Resepsiyondaki yaşlı amca bir daha gelmeyeceğimizi anladı ama veda etmedi bize. Vapurla Beşiktaş'a geçip arabayı park ettiğimiz otoparka gittik. Köprüden karşıya geçerken iyi, kötü, güzel çirkin, yaşanmış ve yaşanmamış ne varsa arkamızda bıraktık.

Ankara'ya on kilometre kalmıştı. Uykusuzluktan gözlerim kapanmak üzereydi. Yine tatlı bir kaza olma ihtimalini düşündüm. Sol tarafımda hızla akıp giden bariyerlere dikkat kesildim. Aslında onlar hareket etmiyordu, biz bütün hızımızla kendi sonumuza doğru gidiyorduk. Kapanmak üzere olan gözlerime yenilme ihtimaline karşı yolu ortaladım. İki şeridin tam ortasından gidiyordum. Şehrin üstünde duran ateşten gökyüzündeki ışıklar şehre yaklaştıkça daha da büyüdü, irileşti, bizi yutmak ister gibiydi. Bir daha yanmayan ve yeni yeni yanmaya başlayan ışıklar kendilerini belli ediyorlardı. Ateş denizinde dalgalar görmeye başladım. Ona dönüp, "Umarım bir sabah uyandığımızda yaptığımız şey için pişman olmayız" dedim. Yine sustu. Belki de suskunluk peşinen yaşanan bir pişmanlıktı. Eve geldik. Işıkları yaktık. Bavulumu yatak odasına götürmeyip kapının hemen kenarına bıraktım. Eşyalarımı gardıroba koymanın hiçbir anlamı yoktu. Bir daha yanmayan ve ölen ışıklardan biri de biz olmuştuk.

Bitsin. Bitmesi gereken her şey zamanı gelince bitsin artık. Şu lanet televizyon dizileri mesela; bir sezondan fazla olmasın. Kavuşuyorlar mı, ölüyorlar mı; **her neyse o zıkkım uzamasın artık.** Boku çıkana kadar devam edip tiksindirmesin kendinden. Masaya oturunca o şişe bitsin ya da. Kalkma yarısında. **Yanıma gelince bir yere gitme,** yahut yollar orada bitsin. Ömür bitsin sen yanımdayken, kimin umurunda? Fark ettin değil mi? Zaman nasıl da geçiyor ve hayatı durdurmaya yarayan bir düğme yok nasılsa. Ya da boğazımız yırtılana kadar ve aynı anda bağıralım da bu sessizlik bitsin. **Korkma sesimiz duyulur diye.** Sesinin bir zerresini dahi içimden dışarı çıkaracak değilim. Bir bilsen,., Her neyse, geçelim burayı... **Sen yokken bitmeyen her şey bitsin bir çırpıda işte.** Bir gün, o lanet olası yirmi dört saat sen bana bir şeyler anlatırken bitsin. Bu yeter... Bu kadarı yeter... Bu kadarı yetti... Bu kadarı hep yetecek...

Bazılarının sonrası yoktur ve öncesi de başkasına aittir.

I

Her şeyi o kadar güzel seviyordun ki... Mesela söyleyenin bile çoktan unuttuğu şarkıyı bulur ve "Bak bu şarkı terk edilmiş, yalnız kalmış, hatırlanmıyor, hakikaten berbat ama boş ver güzel olup olmamasını, bu şarkının yalnızlığını sevelim beraber" derdin ve ben kendimi mecbur hissedermiş gibi severdim o şarkıyı. Çünkü bilirdim; sen her şeyi çok güzel severdin. Ben hariç. Denedin belki de... Ama deneseydin çirkinleşirdin. Çünkü "İnsan sevdiği şeye benzermiş zamanla" diyorlardı. Çok güzeldin hala. Benim gibi çirkin olmuyordun bir türlü, benzemiyordun bana. Sahi... Sen ve ben... Bir de kırdığımız aynalar var aramızda şimdi. Kırılmış aynalar seni, beni, hepimizi çoğaltıyor ama sesleri çoğaltmıyormuş, anlıyor musun?

...

"Sevgilim," de bana. Sen sevgilim deyince tırnaklarım maviye boyanıyor çünkü. Her şeyi o kadar... Öyle güzel... Fakat... Ben de yalnızdım. Senden önce de seninleyken de yalnızdım. Çünkü sevilmeyi beklemek insanı yalnızlaştırıyordu, biliyor musun? Ve beklerken zaman bazen iki bazen de üç misli uzun oluyor normal bir zamandan. Bir yılın, bende üç yıl gibi hüküm sürdüğünü bilirim bu yüzden. Çünkü neyi beklediğini bilmeden şuursuzca beklemek insanı mahvediyor... Mahvediyor... Boş ver bunları. Sigaram bitiyor. Mahvediyor... Mahvedi... Sigaram... Murathan'ı çağıralım mı? Yalnız bir opera'yı dinletsin bize kendi sesinden. Gittin mi?

II

"Esirgeyen ve bağışlayan bize acısın; mutluluğu sevmiyorum. Ya, boş ver bunları; aslında mutluluğu sevmemek gibi bir durum olamaz ama bana göre asıl mesele yaşadığımız şeylerin gerçek mutluluk olmadığı. Her şey bitince, tencerenin dibini sıyırırken ekmeğe bulaşan yanık izi gibi bir tat kalıyor ağzımızda. Hani en dip... Ya da en başı; Tanrı parçacığı yani... Belki de bu yüzden her şeyi çok kolay seviyorumdur? Çünkü her şeyi çok kolay sevmek aslında içindeki öfkeden kurtulmanın en kolay yolu olamaz mı? Bana aldanıyor olamaz mısın? Bu kadar rahat görünüyor olmama, hep gülmeme, sesimi hiç yükseltmememe... Belki de beni hiç duyan olmamıştır bağırdığım zamanlar; bu da olabilir? Belki dünyanın en rahatsız insanı benimdir; bir düşün! Soluk al biraz, ben alamıyorum. Nefes borumda bile sülükler var gibi. Kanımı emiyorlar, kanımı. Kanımı..." demiştin senden beni sevmemi beklediğimi bildiğin için ve soluk almadan devam etmiştin konuşmana; "Şanlısın adam! Şimdiye kadar seni severmiş gibi yapmadığım için gerçekten çok şanlısın. İstesem oynarım seninle. Fırlatır atardım kenara. Anlıyor musun? Bir gün seni sevmediğim için teşekkür edeceksin bana. Çünkü sen tencerenin dibindeki yanık olabilirsin benim için. Çünkü başka çaresi yokmuş gibi birinin sevmesini beklemek içindeki acıyı katlar. Bırak, sevmeyen sevmesin seni. Bu, ben dahi olsam sevmesin. Hem bende de tükenmiş bir şeyler var. Ya ben, ya da sen bir şeylerin sonuna denk geldik" demiştin.

...

Oysa her şeyi bu kadar güzel severken neden beni... Bilmiyorum, sevdin belki de. Hani balıkları yakmıştık ya öpüşmeye dalıp. Bunu burada söylememeliydim. Dudaklarım seğiriyor. İnanabiliyor musun? Öpüşmemizi hatırlayınca çene kemiklerim esnedi. Salon bile şu uzaylı filmlerindeki gibi birden bire genişleyip sonra üstüme doğru geliyor. İstesem, şimdi, şuracıkta, yeniden... Saçma mı olur?

III

"Sevgilim," de bana. Sen bana sevgilim deyince Titanik'in çarptığı o buz dağı kadar sağlam oluyorum çünkü. Okyanusun ortasındaki en manyak dalga ben oluyorum. Bir balinayla köpek balığı Hollanda'ya gidip evleniyor. Orada her şey serbest çünkü. Biz de gidelim mi oraya?

...

Sözler değiştirmiyor hiçbir şeyi. Konuştuklarımız ikna etmiyor beni hala. Her şeyi o kadar güzel seviyordun ki... Mesela çıkmaz bir sokağa girer ve sırtını duvara yaslayıp caddeden emin adımlarla geçenleri izlerdin. Derin derin nefesler alıp "Görüyor musun? Burası tekin değil ve kimse yanımıza gelemiyor bu yüzden. Niçin yalnız olduğumuzu anlıyor musun şimdi? Çünkü insanlar hem kalabalıktan şikayet eder hem de kalabalıkta güvende hissederler kendilerini. Hiç haz etmesek bile korkarım bir gün onların arasına karışıp kaybolacağız" dedikten sonra usulca çömelip başını iki elinin arasına alır sonra da kalkardın aniden. Gerçekten dokunamazdım sana. Sadece o duvar kadar şanslı olmak isterdim sırtını ona yasladığın için. Bir sigara yakıp dumanını içimde tutardım. İçimde bir orman yanardı. Kız Kulesi'nin içine lokanta açmışlar gördün mü? Şarap veriyorlar orada. Kızın babası da ölmüş çoktan. Kuleye sevgilisini alsa kimsenin haberi olmayacak. Yüzüme bakardın. Parmaklarını sakallarıma değdirirmiş gibi elini oynatırdın uzaktan. Gerçekten dokunamazdın bana. "Çok acısın, sana bunu kim yaptı?" derdin sadece. Islık çalmaya başlardın. Gözlerinin gece on ikiyi gösterirdi. Karanlık büyürdü yüzünde. Dudakların dahi korkardı senden. Sahiden; denedin mi beni sevmeyi? Oysa her şeyi o kadar güzel... Peki, ya beni neden...

IV

Hatırlıyor musun o duvarı? Anılar çoğaldıkça bir yanımız hep eksilirmiş. Ama hala iddia ediyorum; senin kirpiklerin dünyanın susuzluğunu dindirebilir. Senin kirpiklerinle Masai Mara'da ceylan avlayan bir aslanı kovalayabilirim. Senin kirpiklerinle nükleer silahsızlanma toplantısında bacak bacak üstüne atıp herkese kafa tutabilir ve ilk denemesini kendi üstümde yaptığım bu silahın gölgesinde dünyaya barış getirebilirim. Daha öldürücü bir silah olamaz çünkü... Yastığa düşenler hariç. Onlar benim.

...

Her şeyi o kadar güzel seviyordun ki... O duvara veda ederken "Sanki kazandığımız şeyler bizi hayata tutsak ediyor. Yani kaybetmekten korktuğumuz şeyler çoğaldıkça hayatın da tadı kaçıyor. Oysa şuracıkta elbiselerimizi çıkarıp çırılçıplak kalsak rezil oluruz iyice, amatör bir kamerayla çekerler bizi ve akşam sekizde haber oluruz bütün kanallarda. Şimdi herkes haber peşinde ya... Şimdi herkes olmadığı bir şeyin kimliğine bürünüyor ya... Aldırmayız, "Ne oluyor lan?" deriz sadece, aklımızı ölçerler elektrikle, içimize hap kılığına bürünmüş casuslar gönderirler, deli bunlar diye dengemizle oynarlar. Yanımıza Tomris gelir belki... Gelmez mi? Ama olsun; bizden alacakları hiçbir şey de kalmaz, hem her şey unutulur bir vakit sonra" dediğimde dönüp gülüşünü bana... Sonra, "Madem anladın her şeyi, niye seni sevmemi bekliyorsun" diye sorduğunda, "Sen her şeyi çok güzel seviyorsun çünkü" dediğimi de hatırlıyor musun? Bencil miydim? Seni bekliyordum yıllardır. Hiç sevilmediğini de iyi biliyordum. Sahiden; bekliyor muydun sen de beni?

V

"Sonra bir gün, bir ses duyup saklandığın o yerden, sesin nereden geldiğini ve kime ait olduğunu anlamak için dışarı çıkmak istiyorsun. Çünkü ısrarla çağırıyor seni. Kendini cesaretlendirip, kapıya kadar eşlik ediyorsun kendine. Duyduğun o sesi herkesten farklı sanıp inanır gibi oluyorsun hatta. Aslında yalnızlıktan bıktığın için kendini kandırma pahasına inanmak istiyorsun daha çok. Ve kapıyı açtığında karşında duran yüze, gözlerinin ta içine baktıktan bir müddet sonra da korkunç bir hayal kırıklığıyla kapatıyorsun kapıyı. Hemen saklandığın yere dönüp az evvel "Belki sokaklarda beraber dolaşırız" diye düşünüp giydiğin ayakkabıları yine ayakkabılığa bırakıyorsun usulca. Benim ayakkabılarım camdan değil, Converse. Bağcıklarını çözmüyorsun, bunun için bile gücün yok, öyle sağlam bir kırgınlık içindesin. Sonra defalarca dinlediğin halde bıkmadığın o şarkıyı açıp üstünde gülümseme olan kupaya üçü bir arada kahve yapıyorsun. Çünkü hayatında kahve haricinde bir arada duran başka hiçbir şeyin olmadığını iyi biliyorsun. Bu kadar işte, bitiyor başlamadan. Ayakkabıların duruyor orada. Bu işte hikayem. Kül Kedisi olamadım ben. Bir detay daha: Kül Kedisi'nin o ayakkabıyı kasıtlı olarak arkasında bıraktığını biliyor muydun? İlk ve son şansıydı çünkü. Ama ben çıkamadım dışarıya, evde yıkanacak bulaşıklar olurdu mutlaka. Bana hep yeni yemek takımları alırlardı niyeyse. Sanırım mutfakta daha güzel oluyormuşum falan... Ben her şeyi öyle güzel severim ki... Sevgilim diyeyim mi sana? İster misin sahiden? Gideyim mi yoksa?" demiştin bana. Kırmızı ışıkta geçiyorduk karşıya. Elimden tutarak arabaların arasından sürüklüyordun beni. Korna çalan herkese küfürler savuruyordun.

VI

"Sevgilim," de bana... Çünkü sen bana sevgilim deyince... Bir şey itiraf edeyim mi? Sen bana sevgilim deyince bir bok olmuyor aslında. Zaten kim kime sevgilim derse desin bir bok olmuyor. Her şey yalan! Sesin duvara çarpıp dönüyor sadece, kendi sesinden soğuyorsun. Ama her şeyi o kadar güzel seviyordun ki... Yanımda uyuyordun sırtın bana dönük. Ağlıyordun ilk defa, boynunun titremesinden anlamıştım. Ağzımı ensene dayayıp "Yüzün, göğe dökülen sudur. Mavi böyle güzelse sebebi senin bakışlarından. Gözlerinin kapısında uyuyan yıldızlardan öpüyorum; ne olur ağlama" demiştim ve bana dönmüştün aniden. "Her şeyi o kadar güzel severken neden ağlıyorum biliyor musun?" demiştin o gece. Sonra da devam etmiştin: "Unutamıyorlar ama unutamadıklarını da önemsemiyorlar. Hangisi daha iğrenç dersen, bana göre önemsememek iğrenç; beni unutma" demiştin. Pencerenin önünde iki menekşe vardı. Onları da öyle güzel seviyordun ki... Kalbim kirliydi, kurtulmayı bekliyordu. Çiçekleri sulamıyorum şimdi. Ama hala banyoda suyun altında beklemeyi seviyorum temizlenemesem de... Oysa sevdiğin her şey o kadar çabuk temizleniyordu ki... Kalbimi de mi sevmedin? Oysa sen her şeyi... Sahi, neden beni? Neyse... Sevdin belki de... Gittin mi? Gittin bu kez... Ağladığını gördüğümde gittin değil mi? İlk defa birine yakalanmıştın çünkü. Oysa sen her şeyi... Aralık'tayız... Fena üşüyorum. Oysa senin yüzün... Göğe dökülen su...

Yürürüz belki yine. Yine sarılırız. Belki gülümseriz de tuhaf bir sızıyla... Ama bizim için her şey bu kadar. Bunca acıdan sonra, biz geri dönemeyiz.

Size bir mucize gibi gelen ancak hayatın akışı içinde normal olan şeyler bazen insanın içini nasıl da ağrıtıyor. Hani öyle olur ya; hiçbir yere sığmazsın kimi gün. Bir şeyi hatırlarsın bütün detaylarıyla. Neden güzel olan şeylerin bu kadar uzağında kaldığını anlayamazsın. Kırılmışsındır. "İnsanların ulaşmakta hiç zorluk çekmediği ve sıradan bir şeymiş gibi her gün yaşadıkları her şeyi yaşamak için insanüstü bir çaba sarf ettim ama gene de kıyısından bile geçemedim hayallerimin" diye iç çekersin. Bütün dünyayı boğacak kadar bir öfkeye teslim olursun o zaman. Sebeplerini anlatacak gücün olmaz soranlara. "Her şeyi kısaca özetlemek gerekirse, özetlenemeyecek kadar feci her şey" dersin sadece.

"Ne olur" dedim bugün... "Ne olur içimi kör bir bıçakla sıyır. Bunun için sana yalvarabilirim. Kaburgalarımın üstünde dahi bir parça et kalmasın. Bir iz, bir yara... Ne olur geçmişe ya da yaşayamadıklarıma dair bir iz bırakma bende. Böylece acımı azaltacaksın inan. Bana kötülük etmiş olmayacaksın. Çünkü benim derdim etimin acıması değil. Aklımdan çık git. Nerede yaşıyorsan orada dur. Gelme bana böyle habersiz. Dağınığım, toparlanamıyorum ve nefret etmek istemiyorum senden. Çünkü bizim yollarımız bir daha kesişmeyecek seninle. Affedemeyeceğim kadar çok sevdim çünkü seni. Ne olur, bana ait olanları artık rahat bırak. Bu geçmiş, ikimize de başlangıç olmak için çok eskidi. Sesini duymak için ölürdüm, sesinin denize kıyısı vardı, sesin kuşların göç yoluydu.

.

.

Ama eskidendi... Şimdi değil."

Yere dökecek çiçeğimiz kalmadı artık. Yanımızda durmayan, yakıştığı kapının önünde beklesin bundan böyle.

"Bıraktığım gibi misin hala?" dedi. Hala eskisi gibi dik dik bakıyordu yüzüme. Çünkü güçlü görünmeyi severdi ama hiçbir zaman güçlü olamamıştı aslında. Gözlerime baktığında utanırdı, bilirdim. Hep utanırdı kendinden. Bedeninden, bakışlarından, çaresizliğinden... Çünkü bir evi yoktu. Ev olamazdın ona. Duramazdı bir yerde. Kayıptı. Yine aniden ortadan kaybolmuştu. "Evet, seni bekledim" dedim. Hayatla yine kavgalı olduğu sesinden belliydi. Öfkelenmişti yine bir şeylere. "Niye bekliyorsun! Sana gelmedim" dedi yüzünü buruşturup. "Biliyorum. Bana değil, yaşadığını tahmin ettiğin tek yere gelecek kadar çaresiz kalmış olmalısın. Belki de tam aksine, bende de kendi cesedinle karşılaşmayı umdun. Bu yüzden de gelmiş olabilirsin. Böylece yaptıklarında kendini haklı çıkaracaktın. Ben de seni unutursam için rahatlayacaktı. Kimse beni sevmiyor, istemiyor diye kandıracaktın kendini. Ama yine de ne güzelsin hala" dedim. Çünkü bazıları her zaman güzeldir. Arkasından gidemesen de güzeldir... Birden bire ortadan kaybolup yıllarını hiçe saysa da güzeldir. Sizi ucuz bir eşya gibi bıraksa da güzeldir. Ama gelir sonra... Bir gün mutlaka geri döner, fakat beklediğin şey geldiğinde bu kez de sen gidersin. İntikam için değil; "Bak, hala bir yerde yaşayabiliyorsun, artık ayağa kalk ve yolunu bul" diye gidersin. Ona yapabileceğin en büyük iyilik budur çünkü. Hala güzeldir. Hala aynısı gibi gülüyordur. O an, tekrar eden birkaç şey yaşarsın sadece. Geçmiş canlanır biraz. İçin burkulur. Ama onunla daha ilerisi olmaz; bunu iyi bilirsin. Umut olmaz onunla. Çünkü bazıları hiçbir yere ait olmaz. Savrulur ve yaşadığını bildiği tek yere dönüp kendi ölümünü görmek ister. Üstelik sizi de öldürme pahasına.

Uzak

Hiçbir mesafe problem değil. Zaten tüm mesele mesafeler ya da gitmek olsaydı, gittiğiniz yerde pencerenizin önünde duran çiçeğe su vermeyi unuttuğunuz aklınıza gelmezdi. Kopamıyorsunuz bazı şeylerden. Bir çiçekten bile kopamıyorsunuz. Bomboş bir akılla yeni bir başlangıca adım atamıyorsunuz. Denedim bunu. Hem de çok isteyerek denedim. Olmadı fakat. Olmuyor. Bunun için "Nereye giderse gitsin sonunda kendine dönüyor insan" diyorum: Anılara... Ve anılar öyle tuhaf ki, başka bir şehirde, bir kez dahi beraber yürümediğiniz onlarca sokakta beraber yürümüş hissine kapılabiliyorsunuz. İnanılmaz benzerlikler oluyor çünkü. Evler birbirine benziyor. İnsanlar deseniz hep aynı. Aynı otobüsler, aynı yiyecekler, aynı kavgalar, aynı gülümsemeler, aynı telaş, aynı yalnızlıklar... Bir yere sığmak ya da kendini oraya ait hissetmek duygusu da yok bende. Kendimi biraz olsun anladıysam, kendi içimden çıkmak istemiyorum artık, tüm mesele bu. Yoruldum çünkü. Boşuna ellerimden tutup dışarıya çıkarmak istiyorsunuz beni. İnanın bilmediğiniz bir yerde yaşamak hiç kolay değil. Şayet bu kolaysa ve hiç bilmediğiniz bir yerde yaşamayı göze alabildiğinizi iddia ediyorsanız yalnız olduğunuzu kabul etmeyi deneyin önce. Etrafınıza bir bakın. Ama yapamazsınız bunu, rahatsınız şimdi. Bir insana, bir eve, arabaya, uykuya ve seslere sahip olunca gerçekten bir şeylere sahip olduğunuzu sanıyorsunuz. Değil. Göreceksiniz bunu. Ya da bazılarınız çok iyi biliyor. Hiçbir şeye sahip olmak mümkün değil. Saklanıyorsunuz sadece. Eski bir resim gözlerinizin önünde canlanana kadar saklanıyorsunuz. Söylesenize; lanet fotoğrafların kokularının olduğunu biliyor muydunuz?

Bildiğiniz gibi yaşamaya devam edin. Çünkü **birilerine kendini anlatacak kadar** uzun değil hayat.

Bırakın geçsin. Daha fazla sarılmayın yaranıza. Yarayı bırakanın umurunda bile değil bu.

Söyleyemediğim her şeyi bir anda söylemek isteyip yine de susuyorum. Çünkü çoğu zaman bunun hiçbir anlamı olmuyor. Geç kalmak: Dünyanın en feci durumu bu. Bir şeyler kıymetini yitiriyor. Kelimeler, yüzler, sesler, duygular, anılar, masadaki ikinci tabak ve hatta en basit şeyler bile...

İnce ince yağmur yağıyordu. Oturduğum bankta kuru olan hiçbir yer kalmamıştı ama bunun da bir önemi yoktu. Göğe simsiyah bir çarşaf çekilmişti. Hemen önümde bir güvercin ıslanmamak için oradan oraya koşuşan insanların aksine sökülmüş kaldırım taşının yerine dolan suyun içine girmiş ve suyla oynuyordu. Ekim sonlarıydı. Kabanımı çıkarıp dizlerimin üstüne koydum. Artık yağmuru daha iyi hissediyordum fakat soğuk da kendini iyice belli ediyordu. Niye diye düşündüm? Anlatmak istediğim şeyleri niye ona anlatayım? Ya da niye bir başkasına? Ya kendime? Kendime de gerek yoktu. Bir şeyi konuşmak sonucu değiştirmiyordu çünkü. Yine güvercine baktım. Hiçbir şey bilmeden yaşayıp mutlu olmak mümkündü belki de. Bir güvercin gibi. Bir damla su gibi. Yerinden sökülüp atılmış bir kaldırım taşı gibi. Ellerinin büyüdüğünü anlayan bir çocuk gibi. Ağda yapar gibi. Acıyla ama sonu nasılsa güzel olacak masallarına inanarak... Yerinden ağdayla çekilip alınan o kıl gibi işte: Bir başkasına ya da kendine güzel görünebilmek için insanlar kendilerince en önemsiz olan şeylerden vazgeçerler kolayca. Bunu anladığım için ben de artık kafa yormuyor ve dümdüz yaşamaya çalışıyordum. Bu yüzden yeni tanıdığım kimseyi öğrenemiyordum mesela. Ya da önceden beri tanıdıklarımı unutuyordum. Sigara kullanıp kullanmadığını, hangi sokak, hangi binada oturduğunu bırakın, hangi semtte yaşadığını, bedenindeki herhangi bir izi, kokusunu ve bazen adını bile öğrenemiyordum. Her şey ve herkes hatta ben de dahil; tek kullanımlık bir eşya gibiydi gözümde. Hangi yoldan gidersem gideyim, dönüşüm asla aynı yol olmuyordu. Yaşadığım yere dönebilmek için büyük daireler çiziyordum. Fakat bir gün şimdiye kadar yanıldım dediğim her şeye tekrar baktım. O, bana gelene kadar bir şarkıyı dinlerken ciğerimden vazgeçecek kadar üzüldüğüm olmamıştı aslında. Elimi kapının arasına sıkıştırdığımda canımın acıdığı kadar bir insanı kaybettiğimde, canım acımamıştı hiçbir zaman. Kaybetmek bu değil mi aslında? Büyük bir yalanın içindeydim en başından beri. Sevmedim, sevilmedim, gerçekten terk etmedim, terk edilmedim. Sadece ve sadece gerektiği kadar yaşanmıştı her şey. Annemin balkon demirlerine patlıcanları asıp kurutması bile kışın erkenden hayatıma gelmesiydi. Daha bugünü yaşayamadan hep ileriyi düşünüyorduk. Bu yüzden gözümde masum olan hiçbir şey kalmamıştı. Niye vardım bu dünyada? Annem niye vardı peki? Ellerinin üstünün buruştuğunu göreyim ve daha büyük bir dehşete kapılayım diye mi? Büyüdükçe azalıyordu insan. Param vardı. Bir evim, arabam, iyi bir işim ama annemin buruşan elleri yoktu. Onun da elleri yoktu. Sevmiştim. En çok ellerini sevmiştim. Bana her ne kadar kışı hatırlatsa da, annem gibi balkon demirlerine patlıcanları asıp kurutacağını hayal etmiştim. Olmadı ama... Her şeyin hazırı çıktı artık. Sevgilerin, ayrılıkların, acıların ve aklınıza ne geliyorsa her şeyin hazırı çıktı. Kaybolduk biz.

Bir gün gelecek ve "evet, sevmiştik" diyeceğiz ikimiz de. Oysa geç söylenmiş çoğu şey ne kadar doğru olursa olsun, bir o kadar da işe yaramazdır artık.

Bu zamanda birini gerçekten sevip sevmediğimizi bilmiyorum. Sanırım seçenekler çoğaldıkça sevginin gücü de azalıyor. Kendimizi hiçbir şeye mecbur hissetmiyoruz çünkü. O olmazsa öbürü olur, diyoruz. O giderse başkası gelir... Ben gidersem kimse gelmesin ona ve kimseye gitmesin o. Mesela ilk insanlar yaratıldığında Havva Adem'e bakıp "Seni görünce midemde kelebekler uçuşuyor" diyor muydu acaba? Demiyorsa da hissediyordu belki bunu ama tüm mesele midesinin mide olduğunu bilmiyor olmasaydı sanırım. Ya da "Kim o kadın? Niye baktın ona?" deme seçeneği olmadığı için böyle tuhaf bir sebep yüzünden kavga etmezlerdi herhalde. Böylece sağlam bir güven içindeydi her ikisi de. İnternet yok, televizyon yok, cep telefonu yok, spor arabalar yok, marlboro yok, alkol yok... Çarpıp çıkacak bir kapıları da yoktu galiba. Ağaç dallarından yapılmış çadır falan tarzı bir yerde kalıyorlardı. Ya da bir mağarada... Yani bizi rahat ettiren her şey bizi mecburiyetten uzaklaştırdı. Seçenekler bizim sonumuzu getiriyor sadece. Yetinmek yok, inanmak yok, çarpıp çıkacak bir kapımız var, spor arabalar var, internet var, marlboro var, porno filmler var, dokuz ay taksitle tatil var, prezervatif var, şarkılar var ama mutlu olamıyoruz.

Çarpı

Memur çocukları bilirler; bir nevi umuttur ayın on beşi. Kuş kadar maaşta evdeki herkesin gözü vardır çünkü. Çocuk oyuncak ister, baba sayısal loto ve iddia parasını ayırır, evin kadını zamanın acımasızlığına karşı koyabilmek için destekli sutyen hayalleri kurar ama maaş hiçbir zaman yetmeyeceği için birtakım şeylerden muhakkak vazgeçilir. Fakat yine de pek önemsenmez bunlar. Çocuk için yapılabilecek her şey yapılır ve geri kalanı bir maaş sonrasına ertelenir. Evin babası, karısını en son ne zaman çıplak gördüğünü hatırlamadan "Destekli sutyene ihtiyacın yok, sen her halinle güzelsin zaten" der ve kadın inanmadığı bu sözü yalan çıkarmamak için aynada kendine bile bakmaz. Hatta adamın bunu anlamayacağını bildiği halde "Ben de senin en güzel şansınım, şans oyunlarına zaten ihtiyacın yok" diye teselli etmeye çalışır kocasını. Güzel olan tek şey, adamın maaş günü elinde poşetlerle dolmuş durağından evine doğru gururla yürümesidir.

...

Daha az evvel kaybettim sanki seni. Çarpıp kapıyı çıkmışsın öfkeyle, kapının kilidi dağılmış. Sesim de arkandan gitmiş seninle, sesim de dağılmış... Ardından aynaya bakıyorum: İki gün önce ölmüş leş kokan bir köpeğin ölmeden önceki yalnızlığı kadar yalnızım. "Fark edilmek için ölmeyi bekliyorsanız fark edilmenin ne önemi var o zaman?" diyordu köpek son nefesini vermeden önce...

...

Daha az evvel kaybettim sanki seni. Çok sıcak dışarısı ama evin duvarlarından buzlar sarkıyor. Buzları bırakıp gitmişsin. Yüz yıl erimeyecek bu buzlar... "Zaten hangi fesleğenin ömrü bir yazdan fazla olduydu?" diyordu menekşe yanındaki fesleğen kokusunu yitirirken. Neyi bekliyorduk ikimiz de, bir ömür beraber yürümeyi mi? Komik olmayalım; hangimizin sesindeki ağrı geceleri daha fazla olmadı ki?

...

Biliyorsun; basit bir çikolata ambalajın üstündeki "buradan açınız" yazısına bile tahammül edemem, başka bir yerden açmaya çalışırım. Çünkü bizi hep bir şeylere yönlendirip istedikleri kalıplara sokmaya çalışıyorlardı. Oysa hayatım boyunca kimseyi ya da hiçbir şeyi sahiplenmedim. Ve bu hayattan da aynısını umduydum sadece: Bana dokunmasınlar istedim. Sessiz sedasız geçip gitmekti amacım.

...

Daha az evvel kaybettim sanki seni. Kalabalıklara girince kayboluyor insan, görmedin mi? En ufak bir kargaşada dahi insanlar birbirlerini hiç acımadan eziyorlar. Bunlar yetmezmiş gibi gidiyordu herkes ve ben kendimde kalmak için bir bir kapatıyordum kapılarımı. Yok-

sa onların peşinden ben de gidebilirdim. Seni gördüm sonra. Umudum yoktu. Bu yılgın bedenimin hüsran mevsimine denk gelmiştin tüm talihsizliğinle. "Eskinin yerinde olmadığını göremedim sende" demiştin kapıyı çarpıp çıkarken. "Geçmiş de zamanı gelince gider çünkü ve unutmak denir buna..." diye ilave etmiştin hiçbir şeyi daha fazla uzatmamak adına.
...
Maaşını almış bir babanın elinde poşetlerle dolmuş durağından eve doğru gelişine benziyordu gülüşün. O annemin aynanın karşısında sağa sola dönüp kocasının yalanını sevmesi gibiydin... Sesinden çiçekli bahçelere çıkılıyordu, sözün kabuğunu soyup konuşuyorduk, susuyoruz sanıyorlardı bu yüzden. Ne zaman bittiğini düşünsek, bu defa sondu dediğimiz yerin başında bulduk kendimizi hep. Bir kapıyı çarpıp gitmeye benzemiyordu çünkü sevmek. Öfken kalıcı olmuyordu hiçbir zaman. Daha az evvel kaybettim sanki seni. İki gün önce sokakta ölmüş leş kokan bir köpeğin ölmeden önceki yalnızlığı kadar yalnızım. Ve ben, yeniden düzenlendikten sonra kimsenin eskisini hatırlamaya gerek duymadığı bir şarkı kadar seviliyorum şimdi. Hiçbir fesleğeni öbür yaza taşıyamadım... Affet sevgilim.

Bütün ömrü kavgayla geçiyor insanın. Yaşamak için, sevgi için, ekmek için, anlayış için, bir parça vefa ve sadakat için

Hani es kaza bir fotoğrafta iyi çıkmışsınızdır ama işin talihsiz kısmı fotoğrafı tuvalette çektiğiniz için arkanızda fon olarak sifon ve fayanslar gözüküyordur. Ne yani, bunu hiç denemediniz mi şimdiye kadar? Komik olmayın! Şu an bile yüzünüzdeki pis gülümsemeyi görüyorum. Evet, ben bunu yaptım ve saklamaya gerek görmeden anlatıyorum. Zaten asıl mesele ve dikkat edilmesi gereken şey yaptığım ya da yaptığım şeyle kendimi ihbar etmem değil: İşte o zaman hayatta hiçbir şeyin yolunda gitmediğini anlarsınız. Şimdiye kadar sevdiğim şeylerin karşıma çıkma şekilleri pek hoş olmadı. Nerede olmazı varsa ona meylettim. Nerede olmazı varsa, olacakmış edasıyla karşıma dikilip, sonra da herkesin çok hoşuna giden ama beni boka saran kötü bir şakaymış gibi canımı sıkıp gitti. Araba alırken bile işin ustasına gösterdim ama benden önceki sahibi o kadar iyi kılıfına uydurmuştu ki daha önce geçirdiği kazaları, "Usta bu iyi mi?" dediğim adam gözü kapalı kefil oldu fakat yanıldı. Bu talihsizlik deyip geçiştirdim ve artık "kaportanın veyahut motorun sağlam olup olmamasına" aldırmıyorum!

Nihayetinde kırk yılda bir olur dediğim şeyler, otuz küsür senelik hayatımda devamlı bende tekrarlandı. Evet, bu arada bazıların merak ettiği yaşımla ilgili sorunun cevabını da üstü kapalı vermiş oldum. Ne? Tabii ki daha genç gösteriyorum! Çünkü insan bazen yaşadığı yorgunluğu yüzünde belli etmiyor ve herkes gördüğü kadarına inanıyor. Ya da inanmak istediğiniz kadarına inanıyorsunuz. Çünkü daha fazlasının sizi sıkıntıya sokacağını gayet iyi bilirsiniz. Buna "bana dokunmayan yılan bin yıl yaşasın!" sendromu denir.

Nerede kalmıştık? Ya da kaldığımız yeri boş verelim ve olayların analizini yapmaya devam edelim: Birini sevdiğim zaman bile "Gitmem; ben onlar gibi değilim, bana güvenebilirsin" diyeni, ertesi gün daha önceki günlerde yanımdan gidenlerin yanında gördüm. Bu da mı talihsizlik? Bakın; kavgacı olmak istemiyorum fakat içseslerinizi duymak ve kelimelerin etek altlarında ne sakladığını bilmek, insanlara karşı olan hoşgörü sınırlarımı ziyadesiyle daralttı. Ve doğal olarak kımıldayacak kadar dahi yeri kalmayan biri yanına gelen herkesten rahatsız olur. Yani rahatsız etmeyin beni. Yani kırk yılda bir olsanız bile benim için çok sıradan bir hadiseden öteye gidemezsiniz. Bu ne sizi, ne de beni masum yapmaz artık gözümde. Kaldı ki masumiyet denilen şeye sözde herkes çok değer verse de, insanlar nerede iti kopuğu var, nerede hayırsızı var, nerede iki yüzlüsü var ona ilgi duyuyor şimdilerde.

Hepiniz gidin lan! Benim kalbim kırılmaz. Kırılsa da, kaynanasının yanında doğum yapmak zorunda kalan gelin gibi dişimi sıkar ve size belli etmem acımı. Susarım... Susarım ama son damla su olsanız dönüp bakmam artık; meyletmem. Sırtımı dönerim... Dönerim ama geri gelmem bir daha! Kederimi belli etmem. Arka fonda sifon ve fayanslar olsa bile sizden çekinmeden tuvalette çektiğim fotoğrafı koyarım önünüze. Sonra da siz sifona bakarken bir sifon da sizin yüzünüze çekerim. Aldırmam! Ne içimde taşıdığım öfkeyi, ne de iyi gibi görünmenize...

A l d ı r m a m!

Son.

Sevgilim... Bu da geçecek.

- Aslında öyle değildir diye içinde iyi niyet aradığım her şeyde mevzuyu uzatmış oldum. Bir iyilik ummanın zamanı değilmiş.
- Sevdiğim insanlara havadan sudan söz ediyorsam "beni biliyorsun, iyi değilim, içim üşüyor yine" demek istiyorumdur. Ayrıca nasıl olduğumu sormanıza gerek yok.
- Yaralar eskiyi hatırladığında değil, yenisinde eskiyi bulamadığında ortaya çıkarlar. Bunu denediğini biliyorum. Bulamadığını da. Hatırladığını da.
- Hiçbir yerde duramamak ne kötü... Bana bunu ilk yaşatan şey sanki her yerde beni bekliyor hala.
- Anılar, bazı insanları hayatlarının sonuna kadar bırakmazlar... Çünkü bırakmasını istemeyeceğiniz kadar güzel geçmiştir günler.
- Ne yalan söyleyeyim.. ve hâlâ bazen.. ve hatta elimi üstüne koyacak kadar kuvvetle. Ve muhakkak acıyla çırpınıyor kalbim, sesini özleyince
- Bir kadının babası ya yarısıdır, ya da yarası.
- Bırakın tekrarını, bazı şeylerin benzeri bile yoktur. Ondan işte bu büyük boşluk. Anılara tutunmaya çalışmak bundan. Biraz daha düşmemeye çalışıyoruz, hepsi bu.
- Hayat ne tuhaf... Uzun yıllar sürecek dediğimiz her şey bir anda bitebiliyor. Sevmek de, beklemek de, ayrılık da. Bırakın zaman işini yapsın.
- Bir adım atarken bile defalarca kez düşünüyorsam boşuna değil kuşkusuz... Sabahattin Ali'nin dediği gibi: "İnsanlar benden inanmak kudretini almışlar."
- Bir şey olduğu vakit artık hiçbir şey olmamış gibi oluyor. Daha ilerisi olmayacakmış gibi... Olursa da eskiden

beter olacakmış gibi.
- Yarası derin olanın, umudunu yitirenin, yüzü yere dökülüp yine de bunu belli etmeyenin kalbinde çiçekler açmaz. Geçti, eskidendi. Yalana gerek yok.
- Aynı yolları başkasıyla yürümek geçmişe götürüyor insanı ama orada da kalamıyorsun. Tükenmiş unutulmaz dediğimiz, kalmamış bir şey geriye.
- En güzel şeyleri belki de sonuna kadar gidemediğim için kaçırdım.
- Ama sonuna gidecek kadar güç bıraktılar mı, o da ayrı bir mesele.
- Çünkü bir ömre sığacak yorgunluğu öyle kısa bir zamanda yaşadım ki, şimdi kim gelse, yolun açık olsun demekten çekinmiyorum.
- Sevdiğiniz insanlara her defasında bugün son günmüş gibi sıkıca sarılın. Ve ileride bir gün canınızı çok yakacak olsa da kokusunu ezberleyin iyice.
- Geriye dönecek kadar olmasa bile, ardınıza bakacak kadar yüzünüz kalsın. Bu kadar bitirmeyin kendinizi... Yazık!
- Bırakın ait olmayı, ne bir kişiye, ne de bir yere yakın hissetmiyorum kendimi. Gidemiyorum, kalamıyorum, konuşamıyorum. Sıkışıp kaldım sanki.
- Ne aklımdaki onca soruyu ne de kalbimdeki kırgınlığı bir kenara bırakamıyorum. Hiçbir şey tam değil artık. Hiçbir zaman affetmeyeceğim seni.
- Epeyce yoruldu umut. Geceler uzadı, bahsini dahi açamayacağımız kayıplar çoğaldı. Şimdi kim anlar beni kendimi bulamıyorum desem.

- Bütün gücüyle duvara çığlıklar atanlar bilir: Birine tüm canınla sarıldıysan, ne yapsan içinden çıkmıyor artık o.
- Bazen kendimi öyle güçsüz, yorgun ve uzak hissediyorum ki her şeyden, lime lime etseler beni, hatta vursalar, konuşmak kadar canımı yakmıyor. Susalım ne olur. Ummadığım yerden kırıldım gene.
- Şimdi sarılsan, düştüğüm bütün kuyuları doldurur bedenim. Ama "Gel" demek isteyip de sustuğum bir gece daha. Yarın da aynısı olacak.
- Başkalarına var olduğunuzu ispat edeceğim diye varlığınızdan başkasını bilmeyeni kaybettiniz. Bu size yeter.
- Hemen geçmez ama her şey geçer. Çünkü "seni hiç unutmayacağım" diyenlere bakın; bu sözü kim için, ne zaman ve niye söylediklerini çoktan unuttular... Geçti... Geçti.
- Kaybedene kadar canınızdan bir parça olduğunu anlamıyorsunuz kaybettiğiniz şeyin, önemsemiyorsunuz. Oysa ne giden, ne de ölen geri gelmiyor.
- Bazen dışarı çıkıp "bir şey değişmiş mi, yaşamaya değer bir şey var mı sahiden" diye bakar ve sonra geri dönerim içeri. Yanılmamak ne kötü.
- Bu hayatta her şeyin bir ölçüsü vardır; "yanındayım" diyenin gölgesini ortaya koymasına aldanmayın. Çünkü fedakarlık herkesin harcı değil.
- Daha ne kadar kaybolurum bilmiyorum ama bir daha sana dönmem.
- Çok kez öfkeyle vazgeçip çok kez hasretle son bir şans verdiğiniz olmuştur. Ama bilirsiniz; hiçbir şey hissetmediğinizde hakikaten bitmiştir artık.

- Bütün ömrüm susmakla geçti. Susarak bir enkaz bıraktım ardımda. Susarak ben de bir enkaz oldum. Ne anlatacaksınız, ne söyleyeceksiniz şimdi bana. Geçti. Hevesim kalmadı hiçbir şeye.
- Yanınızda durmaya güçlerinin yetmeyeceğini anladıklarında, ilk fırsatta yaranızdan vurmak isterler.
- Sessizce yeniden başlar kalbi kırılan insanlar hayata. İçindeki ölüye dokunmadan, onu uyandırmadan, sessizce.
- Biri size "son şansımsın" diyorsa "bir daha biriyle tanışamam, her şeyimle sana bağlıyım, sen gidersen her şey biter" demek istemiyordur... "Yorgunum, birine inanmak zaten çok zor, sen de beni yanıltma" demek istiyordur. Ve asıl bu sizin son şansınız olabilir.
- Toprağın rolünü çalıyoruz yaşadıkça. Kaç kişiyi gömdük içimize belli değil.
- Kabullenmemek, herkese inanmamak ve insanlar bir şeyleri anlatırken ya da kendilerini tanıtırken bilmenizi istediklerinden çok daha fazlasını anlamak iyileşmemekse, evet; bazıları iyileşmedikleri zaman kendilerini daha iyi hissedeler.
- Yalanlar söylüyorum burada kendime ama biliyorum: O kapıların hiçbiri açılmayacak bir daha. Sesimiz, ne yan yana ne de karşı karşıya gelmeyecek. Gerçeği bu.
- Güleriz başkalarıyla, unutmak için eve geç geliriz falan ama geçmez öyle hemen. Birine sarılıp kokusunu öğrenmeye çalış, sesini tüm dikkatinle dinle ve ellerini tutup aynı yollarda yürü, anlarsın ne demek istediğimi. Bu kadar insanın içinde geçmişi hatırlamak yalnızlık değildir.

– Anılar, yanındayım diyenlerden daha güzel, daha samimi ve daha gerçek çünkü. Bitse de, bir daha yaşanmasa da çok güzel.

– Biraz zaman geçince bir insana sahip olduğunuzu sanabiliyorsunuz, ne tuhaf. Ama unuttuğunuz bir şey var: İçeri gir diye kapıyı açan, o kapıdan sizi çıkarmasını da bilir.

– Herkesten sıkıldım, kendimden bile. Bu tahammülsüz halim bir şeylerden umudu kestiğim için elbet. Şimdiye kadar kim, neyi değiştirdi bende.

– Bazen her şeyi bırakıyor insan. Ama bir yere geldiğinde dönüp arkasına son kez bakıyor ve kendime yazık etmişim deyip devam ediyor hayatına.

– "Senden bunu da mı görecektim" dediğiniz zaman bu sadece başlangıç oluyor inanın. Hayretle izleyip, "kime güvenmişim ben" diye iç çekiyorsunuz.

– Derin bir pişmanlıkta boğulup kaybettiğine dönecek cesaretin olabilir. Ama bir kere yarı yolda bıraktığın artık yüzünü sana çevirir mi sanıyorsun?

– Bu da böyle geçecek belki ama bekleyeceğiz ısrarla, doğruyu ve iyiyi. Namusuyla yaşanmış bir kış, haysiyetsiz her bahardan iyidir çünkü.

– Yaşamaktan daha zoru varsa, o da bir şeyi gizli yaşamaktır. Herkese güçlü görünerek bir kan deryasının içinde yok ettim kendimi.

– Ellerimi örtsem yeryüzünün hepsine ve tüm bedenimle kaplasam göğü, yine de dokunamam sana. Böyle ayrılık yaşanmaz bir daha dünyada.

– Bir sonra alacağım nefesi bekler gibi bekliyorum...

— Öyle muhtacım sana, öyle çok özledim sesini.
— İnsan ne kadar yorgun olduğunu yeni şeylerle karşılaştığında anlıyor. Yeni bir insanla, yeni bir yolla veya yeni bir sevgiyle mesela... "Niye tanışayım, niye gideyim, niye seveyim, niçin çaba sarf edeyim? Ben böyle iyiyim" demek, her şeyden daha kolay geliyor.
— Eksilmedim ki, vazgeçtim, kesip attım. İnsan, kendinden olana bile tahammül edemiyor bazen. Herkes susup gitsin şimdi.
— Siyasilerin ve tecavüzcülerin daha kötü olabilmek için birbiriyle yarıştıkları bu dünyada birini özleyip içinde sevgi taşıyan hiç kimse yenilmeyecek.
— Çok defa affettim, haddinden fazla bekledim ama değmedi yaptığıma... Bu ayıbı da benim haneme yazın.
— Bütün ömrü kavgayla geçiyor insanın. Yaşamak için, sevgi için, ekmek için, anlayış için, bir parça vefa ve sadakat için.
— Yavaş yavaş kazandığı yeri bir çırpıda kaybetti. Ben, bunun acısını duyuyorum: Bir ses, hiç mi bir şey ifade etmez artık.
— Nasıl çabaladım bir bilseniz. Şimdi kalbimi alıp kime gitsem, kime göstersem bu yarayı ben kendimden utanırım.
— İnsanların "Haklıydın, haklısın" deyip benden anlayış bekleyecekleri zamanlarda değilim. Geçti artık, aynıydınız, aynısınız. Eksik olun.
— Daha iki gün öncesine dönüp "yazık olmuş" diyorsanız, kendinizi affetmeyin. Hiçbir şey bir anda değişmez. Hiç kimse yüzünü en başından en sonuna kadar saklayamaz.

- Öyle çok bitmiştir ve öyle çok yormuştur ki sizi, "Senden vazgeçtim" demez de, "kızmıyorum artık sana" dersiniz.
- Geçti, eskidendi. En ufak hevesim kalmadı ne sesine, ne yüzüne. Ve kıpırdamıyor kalbim senin için zerre kadar.
- Hiçbir şey değişmiyor zamanla. Güvendiğin insanlar gidiyor ve içindeki acıyla yaşamaya alışıyorsun. Hepsi bu.
- Birçok yalan gördüm, inanmadım ama değişir belki diye bekledim... Değişmedi fakat. Bu yüzden insanlara niye güvenmediğimi sorgulamayın.